為了賴子

賴子のために

法月綸太郎

黃永定 譯

目錄

出版緣起

駭High，在推理的迷宮中

編輯部

推理小說到底有什麼魅惑之力，能夠讓世界上無數的熱愛者爲之痴狂？是鬥智、解謎的樂趣？是抽絲剝繭，終於揭露眞相時豁然開朗的暢快？是驚嘆於陽光之外人性潛伏的深沉危機與社會百態的詭譎複雜？還是感佩於作家布局的巧思或高超的說故事功力？

好的小說只有一個評斷標準——好不好看（用文言一點的說法是「引人入勝」）。有的小說好看得讓人不忍釋卷，廢寢忘食，非一口氣讀完不可；有的則是讓人捨不得立刻讀完，寧可一個字一個字細細地咀嚼品味。

好的推理小說更是如此。

在台灣，歐美推理和日本推理各擅勝場，各有忠實的讀者群。推理小說是日本大眾文學的兩大顯學之一，也可說是日本大眾文學極致發展最具代表性的成熟類型閱讀，不但各大出版社都闢有「Mystery」系列，培養出眾多匠心獨運、各領風騷，甚或年年高踞納稅排行榜前茅的大師級作者，如松本清張、橫溝正史，赤川次郎、西村京太郎、宮部美幸、東野圭吾、小野不由美等，創作出各種雄奇偉壯、趣味橫生、令人戰慄驚嘆、拍案叫絕、甚或影響深遠的傑作；同時也一代又一代地開發出無數緊緊追隨、不離不棄的忠實讀者。而台灣，在日本知名動漫畫、電視劇及電影的推波助瀾下，也有愈來愈多人愛上日本推理小說的明快節奏與豐富的情報功能，閱讀日本小說的熱潮儼然成形。

二〇〇四年伊始，商周出版（獨步文化前身）推出「日本推理名家傑作選」系列以饗讀者，不但引介的作家、選入的作品均爲一時精粹，更堅持以超強的譯者及顧問群陣容，給您最精確流暢、最完整的中文譯本與名家導讀，眞正享受閱讀推理小說的無上樂趣。

如果，您是個不折不扣的推理迷，歡迎進入更豐富多元的日本推理迷宮；如果，您還是推理世界的新手讀者，正好奇地窺伺門內的廣袤世界，就讓「日本推理名家傑作選」引領您推開推理迷宮的大門，一探究竟。從一根毛髮、一個手上的繭、一張紙片，去掀開一個角，去探尋、挖掘、對照、破解，進到一個挑逗您神經與腎上腺素的玄奇瑰麗世界！

第一部　西村悠史的手記

在這種狂風暴雨的時候，
我絕不會讓孩子外出。
如今孩子被人帶走，
我卻無法伸手挽留。

——《悼亡兒之歌》（註）

一九八九年八月二十二日

賴子死了。

賴子是我們的獨生女。她是一個溫柔聰明的孩子，一個健康開朗的少女。她的五官與妻子年輕時一個樣，只有那對紅茶色雙眼看得出我的血統。這孩子並未特別愛好什麼運動，但那穠纖合度的肢體，近來變得愈來愈有女人味。那不服輸的個性和敏銳的感受力，應該是繼承自母親吧。她從小就是個懂事的孩子，絕對不會讓人頭痛；同時，她也是個很早就明白自省有多重要的孩子。

賴子偶爾會抱上家裡養的貓布萊恩，坐在屋簷下望著外頭好幾個小時。每次問她在做什麼，她總是回答，「我在看鳥呀。」還有，夏日的午後，她一定會烤蘋果派。偶爾有書從我的書房裡不翼而飛，也是賴子做的好事。話雖如此，一旦別人踏進了自己的房間，她卻會滿臉不高興。她在學校加入了花道社，因此家中擺滿時令花藝也是常有的事。

她真的是個好孩子，我們夫妻始終滿懷期待地看著她的成長。

然而，賴子明明才剛滿十七歲，卻去了我們碰不著的地方。一切來得突然，毫無前兆。躺在停屍間的妳臉頰冰冷，那股寒意至今仍然鮮明地留在我握筆的手中。冷得像鉛一樣，蒼白而無情。

賴子不會再回到我們身邊。家裡也不再滿是插了波斯菊的花瓶。妳紅茶色的眼眸，已永遠地失去了光輝。

這是爲什麼？

爲什麼只有我的家人非得遭逢這種慘劇不可？我沒辦法接受。這實在太不合理了、太不公平了。爲什麼會有這種沒道理的事？我們到底做了什麼？

打從十四年前那場意外以來，我一直相信巨大的不幸會產生抗體。正因爲相信那種災難不會發生第二次，我才能夠振作起來。

十四年前那場意外，讓妻子海繪的脊椎受到了無法痊癒的重傷。這個傷使得海繪下半身永遠地失去了所有功能。而我們失去的不只是這樣——還有她肚子裡八個月大的長男。

這場意外無法歸咎任何人。年幼的賴子平安無事，算是僅存的救贖——因爲她也在意外的現場。

從那天起，賴子成了家人最後的依靠。妻子的身體，已經無法再次孕育新生命。我們將所有的愛，全灌注到了唯一的女兒身上。我們不斷告訴自己，賴子有抓住幸福的資格，能夠避開一切災厄。否則，我們嘗到的絕望就毫無意義。

註：《悼亡兒之歌》（*Kindertotenlieder*），奧地利作曲家馬勒（Gustav Mahler，1860-1911）於一九〇五年發表的連作歌曲。

賴子應該會有個幸福的人生。如果不這麼相信，我們就沒辦法活下去。賴子的幸福，就是我們最大的願望。賴子的生命充實，就代表我們活得有意義。這樣有什麼不對嗎？

賴子擁有比任何人都幸福的權利，這點我至今仍深信不疑。因爲她還有我、妻子，以及我降生前便已離世的兒子的份。照理說，沒人有資格從賴子手中奪走幸福才對。

十四年來，我們始終堅信如此。正因爲相信，才有辦法振作。

可是，今天我們突然遭到了背叛，最卑劣的背叛。

賴子死了。

她明明才剛滿十七歲。

她被殺了。

昨晚賴子沒有回家。她從未不說一聲就在外過夜，所以我擔心得坐立不安。但我並未告訴海繪這件事，因爲我不想讓無法下床的妻子擔不必要的心。所幸海繪沒有懷疑，賴子並非每個晚上都會到母親的房間露臉。

我跟妻子道晚安後並未闔眼，一直等賴子等到天亮。雖然身爲父親的我信賴女兒，但或許會有什麼差錯。不安與時俱增，我好幾次想聯絡警察，卻又不斷說服自己「總之先等到天亮吧」。雖說孩子才十七歲，但也算是個大人了，應該能照顧自己才是。我是這麼教育女兒的，不過直到天明賴子仍未回來。

電話鈴聲驚醒了我。時間已過八點，我似乎不知不覺打起盹。接起電話後，對方說自己是警察。他的聲音聽來像是習慣壓抑感情的人。

「請問一下，令千金在府上嗎？」

「她不在。」不祥的預感終於抓住了我。

「您曉得她上哪兒去了嗎？」

「不曉得，其實從昨晚起她就不知道去哪裡了。」

「果然如此。其實不久之前，齊明女學院附近的公園裡發現了年輕女性的屍體。雖然有點難以啓齒，不過那名女性似乎正是令千金賴子小姐。」

我什麼話也說不出來，只能讓顫抖的指頭使力，避免話筒從手中掉下去。

「爲了確認遺體的身分，希望家屬能移駕來署裡一趟。」

「我明白了。」我好不容易才這麼回答，並在聽完地址後掛回話筒。

我在原地呆立了好一會兒，奇妙的呻吟聲於耳畔迴盪。賴子居然死了。這消息讓我一陣暈眩，感覺就像發了高燒後跳下懸崖一樣。

我替自己打氣，告訴自己非振作起來不可，不能整天都這副德行。更何況，在親眼確認之前，還有可能只是誤會。我向上天祈求，希望這是誤會。只不過，我心裡也覺得祈禱可能毫無功用。

我沒有勇氣立刻把這件事告訴妻子，決定等冷靜下來再跟她說。

接著我撥了個電話給海繪的看護森村小姐，拜託她立刻來家裡。聽到理由之後，她驚訝得說不出話。我反覆叮嚀她，別把女兒的事告訴妻子。

告訴海繪「有點事要處理」後，我便離開了家。我沒打算開自己的車，而是走了幾步路後招了一輛計程車，前往綠北署。

感覺有點陰沉的年輕刑警，領著我到了停屍間。那是個幽暗而冰冷的房間。停屍台孤單地待在房間中央，躺在白布底下的軀體，無疑正是賴子。她的遺容彷彿想要訴說些什麼。明白那確實是女兒後，我居然沒有絲毫慌亂，實在是不可思議。

之後在樓上的房間裡，我從名叫中原的中年刑警口裡聽到了來龍去脈。

發現我女兒的，似乎是齊明女學院高中部（賴子也是這裡的學生）的排球社社員。她們說，今天是暑假的練習日，大約在七點左右晨跑經過公園時，發現有人倒在步道旁的草叢裡。由於剛好成員裡頭有賴子的同班同學，才得以早早辨別身分。

「遺體頸部有清楚的勒痕，是他殺。」刑警這麼說。

我頓時全身僵硬。我這才發現，在他這麼說以前，我從未考慮過女兒遭人殺害的可能性。剛恢復不久的暈眩，再度朝我襲來。

「沒有看見其他的外傷。至於死亡時間，目前只能推測是在昨晚十二點以前。幸好遺體沒有遭人施暴的痕跡。」

幸好？對一個女兒遇害的父親而言，這算什麼「幸好」？我在內心如此埋怨。刑警並未察覺我的心情，繼續說：

「接下來，令千金的遺體要進行司法解剖，應該可以清楚更詳細的死亡時間。目前案情的調查進度就到這裡，如果還有什麼發現，我們會馬上通知您。」

他問了我昨天賴子的行動。我告訴他，賴子在家待到傍晚，但六點左右她說要去朋友家後隨即外出，之後就不清楚了。我沒問朋友的名字，也不覺得她的態度跟往常有什麼差別。接著我又補充說，之前她從未一聲不吭就擅自外宿。

後來還有種種手續花了不少時間，回家時已經相當晚了。

森村小姐表示她或許能幫上什麼忙，所以今晚打算住在這裡。雖然很感謝她的體貼，不過今晚我希望能和妻子兩人共度，便婉拒了她的好意。她告訴我明天早上會再來後，便離開了。

走進妻子的房間後，她以不安的眼神迎接我，看來是隱約猜到怎麼回事了。海繪的直覺很敏銳。

「悠史，賴子出了什麼事嗎？」

我走近床鋪，用力握住妻子的雙手，淚水不由自主地滾滾而下，一句話也說不出來。

我將海繪擁入懷裡，用力抱緊她。

「她死了，被人殺害了。」我只能說出這幾個字。

「這怎麼可能……」

我們兩人再也說不出任何字句。

我抱著妻子流淚。就像十四年前那樣，淚如泉湧，無法止歇。

妻子睡著後，我走進賴子的房間，打算在那裡待到早上。

理應空無一人的房間裡有動靜，是布萊安。牠從床下爬出來磨蹭我的小腿，發出聽似飢餓的叫聲。賴子不在沒人餵貓，想必牠打從昨晚起就什麼也沒吃吧。我雖然也一樣，卻沒有空腹感。

我打開貓罐頭餵布萊安，牠似乎吃得很高興，根本不曉得賴子死了。賴子她……你的飼主不在這個世上嘍。我不停這麼告訴貓。最後布萊安似乎也明白了，窩在賴子的椅子上哀淒地叫，彷彿想說那裡還留有飼主的溫暖一樣。我突然興起了個念頭，於是拿筆開始寫這篇手記。殺害賴子的犯人應該千刀萬剮。

八月二十三日

森村小姐與妻子的責任編輯矢島邦子前來探望我們。託她們的福，海繪心裡稍微舒坦了點。兩位的體貼與幫忙令人萬分感謝。

尤其是邦子，她代替沮喪得什麼也做不成的我，處理了包含喪葬儀式在內的一切事務。她是我們夫妻高中時代就認識的老朋友，不必多說也明白我們心裡在想什麼，這點實在幫了大忙。這麼說來，十四年前發生那場意外之後，我們也受過她的關照。行動不便的妻子會開始寫童話，正是出於邦子的建議。換言之，我們很久以前就在給她添麻煩了。

森村小姐也俐落地替我們解決了堆積如山的家務。要是沒有她們，真不曉得我們夫妻會變成怎樣，實在感激不盡。

下午我撥了個電話給研究室的高田。他說，「請打起精神，我們隨時都能助教授一臂之力。」我回答，「謝謝，那我就不客氣地接受你們的好意了。」這讓我深切感受到身邊都是些好人。

傍晚，中原刑警來訪。他昨天曾在綠北署二樓跟我交談，今天是來告訴我調查進度。我獨自接待他。儘管「了解殺害女兒的兇手」是我現在唯一關心的話題，但我不想讓親近的人知道這件事。

寒暄幾句後，中原便切入正題。

「首先是屍體的解剖結果，死亡時間推定爲二十一日的晚上九點到十一點之間。胃裡沒有東西，代表死者……不，令千金沒吃晚餐。死因是掐住咽喉造成的窒息死亡，很遺憾我們並未從頸部採到能對照的指紋。留下的手痕則是一般成年男人的尺寸。

雖然是在草叢中發現令千金的屍體，但那裡似乎不是行凶現場。兇手恐怕是在遊園步道上襲擊並殺害賴子小姐後，才將屍體藏到草叢裡。可惜連日晴天加上地面堅硬，無法查明行凶地點。而該處也沒找到兇手遺留的物品，不得不承認我們缺乏證物。

我們正全力蒐集附近的證言，但時間畢竟已晚，要找到目擊者相當困難。」

一看見我嘆息，中原隨即一副早就料到的樣子，立刻改口：

「話說回來，大約五個月前，有一名縣立高中的女學生在同一個公園裡遭人強暴並掐死，您知道這個案子嗎？」

「是的。地點離小女的學校很近，遇害者又跟小女年紀相當，因此我印象很深。」

「其實，後來還有另一名中學女生在那個公園遭到暴徒襲擊。兩件案子都沒找到犯人，但我們認爲犯行出自同一人之手。從作案地點與手法來看，這回的案件無疑也是同一人所爲。」

一股極度不舒服的戰慄感竄過我全身的神經。我狼狽地脫口而出：

「可是，我記得您說小女沒有遭人施暴的痕跡……」

「正是如此。想必兇手原打算讓賴子小姐安分一點，卻錯手誤殺，於是怕得未施暴就逃走。」

「這麼過分的……」

中原微微搖頭。

「即使她不抵抗，多半也會像先前的遇害者那樣遭到殺害。對方是非常危險的慣犯，讓這種傢伙在外頭逍遙顯然是我們的過失。警方已成立了特別調查班，重新確認那些心理變態的名單。儘管線索不多，但這次我們一定會抓到兇手。」

不過，我無法照單全收中原的話。某個腦袋有問題的變態，毫無理由地對賴子下手？開什麼玩笑。遇害者可不是名字掛在社會版角落的陌生人，是我的女兒。身爲一個父親，哪能相信這種蠢話？這會對不起賴子在天之靈。

但我不便當場唱反調，遲疑一會兒後，兜個圈子問：

「話說回來，爲什麼那種時間賴子會一個人在公園散步？她六點離家到遇害時刻之間又去哪裡了？」

「可能是去散心解悶吧。」

中原話中帶刺。這句話是暗地指責一個父親不該輕率地讓妙齡女兒在晚上外出，他大概是看出我內心的不以爲然才這麼說。調查的進展堪慮，想必讓他頗爲焦躁。

我雖然也心頭火起，還是努力克制住了怒氣。畢竟雙方吵起來一點好處也沒有。

他回去後，我再度鬱悶地把自己關在賴子的房間裡。

是我的錯嗎？是否眞如中原暗示的一樣，賴子的死應歸咎於我的輕率？或者，如果那天晚上我擔心晚歸的女兒，立刻採取行動，賴子是否就不會死？

懦弱的我無法問妻子這個問題。要是海繪說「對」，代表我連憎恨兇手的資格也沒有，必須承擔元兇的罪名。

然而，我始終認爲事情並非如此。

不，這不是爲了替自己開脫的辯解。我不打算完全否認自己的過失，也有承擔中原非難的覺悟。

但我認爲，眞正重要的問題還在別處。

理由在於，今天中原刑警的態度有些曖昧，讓我無法釋懷，而他的見解也有些不對勁。這絕非一個父親爲了敷衍良心所發的牢騷，現在的我沒必要這樣欺騙自己。

我只需要一樣東西，那就是賴子死亡的眞相。

我敢肯定，中原有所隱瞞。

八月二十四日

怎麼會這樣！我有了意料之外的發現，甚至後悔自己爲什麼要知道這種事。然而，爲了找出殺害賴子的男人，我無論如何都得面對這個事實。

賴子懷有四個月的身孕。

之所以查出這件難以置信的事，原因其實微不足道。我突然想整理女兒的遺物，於是漫無目的地翻起女兒的房間，儘管我也不曉得自己爲什麼會這樣。這是種自虐行爲。雖然回憶不時給予我沉重的打擊，我卻無法停手。

書桌抽屜裡有一樣超乎想像的東西，讓我懷疑起自己的眼睛。是診所的掛號證。

村上婦產科診所

電話（〇四四）八五二－＊＊＊＊

證上印了這些東西，此外，還以原子筆整齊地寫著我女兒的名字西村賴子。初診是這個月的十八日，賴子遇害的三天前。

我的腦袋一片混亂。爲什麼賴子會有這種東西？

多想也沒用，我決定撥打那個號碼，但撥了好幾次都沒人接電話。

過了好一會兒，我才想到理由。今天是週四，而掛號證背面明寫了週日、週四與國定假日休診，當然不會有人接電話。

我放下話筒，抱頭苦思。賴子有婦產科掛號證的理由，再怎麼想都只有一個。雖然光想像這種可能性就令人作嘔，但不馬上確認我會寢食難安。可是該怎麼做？這時，我突然想起昨天中原刑警那曖昧的態度。

警察解剖了賴子的遺體。既然如此，中原應該握有我心中疑問的解答才對。一想到這裡，我便毫不猶豫地撥電話到綠北署找他。幸好他在署裡，我得以向他求證。

「西村先生，怎麼了？」刑警說道。

我單刀直入地問：

「我女兒是不是懷孕了？」

我聽到長長的嘆氣聲。

「四個月。」他終於承認了。我的直覺沒錯。「不過，您為什麼會問起這件事？」

「我在賴子的房間找到婦產科的掛號證。可是，你為什麼要隱瞞這種大事？麻煩你解釋一下。」

中原沒有立刻回答，帶著壓抑感咳嗽一聲，接著開始說明：

「根據解剖結果，我們發現死者懷孕了。但就如我昨天向您說的，既然明白賴子小姐成了陌生變態過路魔的犧牲者，這個案件顯然與她懷孕一事無關。考慮到死者的年齡，也為了她的名譽，我們決定不對外發表懷孕一事。」

「但我是賴子的父親，應該有知道這件事的權利。」

「事情確實如您所說，但您也有不知道的權利吧？如果說出來，可想而知，您會更加心痛。因此我們判斷，既然這件事不會影響調查，便沒有必要告知您眞相。我們這麼做，是為了盡可能減輕死者家屬的負擔。」

「但這未免……」

「不，無論如何，既然您知道了也沒辦法。如果造成您的不快，本人在此向您表示歉意。

然而，請您務必聽我說句話——請不要去尋找讓令千金懷孕的對象，甚至修理他。這麼做只會使您難堪，更無法讓令千金安息。請趕快忘了這件事，靜候我們將兇手逮捕歸案。」

說完，刑警便逕自掛斷電話。

身體感覺像結凍般緊繃，彷彿被塞進一個看不見的模具。我握著話筒，戰戰兢兢地反芻剛剛對話的內容。

難以置信。儘管提出質疑的是我，這麼說似乎很矛盾，但這個答案未免太殘酷。中原有句話說得沒錯——可想而知，我會更加心痛。不，這麼迂迴的說法還不夠。對我來說，這實在是個難以承受的打擊。在某種意義上，這致命一擊比女兒的死更加令我動搖。

我完全沒發覺賴子身體的變化。她居然懷孕四個月了。明明每天都會見面，我卻完全不懂親生女兒，不就代表我根本沒資格當父親嗎？

賴子才十七歲。她的身體確實已經成熟，但我認爲她不會這麼放蕩。不管這年頭與賴子同齡的女孩性觀念多開放，我始終相信女兒不會受這種潮流毒害。即使是此刻，我依舊認爲賴子還沒到適合進行性行爲的年齡。

但這是鐵打的事實。先前我所不曉得的女兒另一面，突然展露在眼前。原來我也只是個平凡又愚蠢的古板父親嗎？話說回來，我的女兒賴子居然……我不明白的事情實在太多了。

對方是怎樣的男性？是賴子主動以身相許嗎？什麼時候？在哪裡？她打算拿肚子裡的孩子怎麼辦？爲什麼一句話也不跟我們講？賴子不信任我們嗎？還是賴子背叛了我？

然而，這些疑問全都太遲了，遲得無藥可救。這世上最悲哀的，莫過於在年輕女兒死後才知道她懷孕的父親，更何況連這孩子是誰的種都不曉得。

這種事哪可能輕易忘掉？我根本不打算像中原說的那樣把一切付諸流水。

眞要說起來，我反而對於警方操之過急的調查方針有意見。他們擅自認定是心理變態所爲，連賴子的人際關係都不調查。從孩子的年齡來看，光是懷孕這點就足以成爲殺人動機吧？在對象不明的情況下，不是應該先找出那個男人？從中原的言行來看，警方簡直像串通好要隱瞞賴子懷孕這件事。

雖然這只是我的推測，但說不定有人向他們施加壓力。比方，會不會是賴子就讀的學校擔心爆發意料之外的醜聞，事先打了預防針？

齊明女學院是全國屈指可數的私立名校，理事長更是保守黨有力議員的親妹妹。據說她哥哥的後援會在縣內勢力不小，甚至能影響縣政。我希望自己想太多，但這種事在這年頭並非不可能。有必要留意這點，不能指望警察。

我將賴子懷孕這件事瞞著海繪，不希望增加她的痛苦。或許哪天能結束一切，將眞相和盤托出，但我決定暫時埋在心底。儘管無法對海繪坦白讓人難受，但也無可奈何。我深愛著她，才會撒這種謊，妻子想必會原諒我吧。儘管我這麼想，整個下午卻始終無法面對海繪哀傷的雙眼。

「你在擔心什麼嗎，悠史？」當她這麼問時，我差點就要老實招供。今後非得小心不可。

我打算明天拜訪那間婦產科診所，或許能找到關於賴子死亡的線索。這多半會是一場孤獨的探索，但我早有覺悟。

打從昨天起就沒見到布萊恩的身影，大概是跑出去了。與女兒相繫的回憶，感覺又少了一樣，令人寂寞。

八月二十五日

我一早撥了電話，跟那間婦產科診所的醫生約了碰面。

醫生不曉得賴子被殺。他畏畏縮縮地說「我很少看新聞」之後，補上了幾句哀悼的話。他聽似老實的回應，讓我不知怎地有股安心感。

十一點時，森村小姐來了，我決定提前出門。我沒吃午餐，只喝了咖啡就離家，當然也沒說要去哪裡。

開了約二十分鐘的車，我找到那間診所。雖然離鷺沼車站很近，不過我很少經過那一帶，因此一度與寫著「村上婦產科」的招牌擦身而過。

我將車停在診所附近，接著散了一會兒步。這裡的地址已經變成川崎市，氣氛跟自家附近沒什麼明顯區別，細部的差異反而造成突兀感。兩個城鎮明明只差一站，我卻覺得像身處一塊完全陌生的土地。賴子之所以特地選擇這裡的醫生，或許就是此一緣故。

村上醫師是個五十來歲的男人，有著一對友善的眼睛。向後梳齊的灰髮與白袍之下有品味的領帶繫法，讓人印象頗佳。而且，以婦產科醫生而言，他似乎相當成功。跟綠北署中原刑警之類的人相比，此人値得信賴多了。

「令千金來我們診所時，懷孕剛滿四個月。」他這麼說。

「警察也是這麼說的。」

「看來已經解剖過遺體了。請節哀。」

據村上醫師所言，賴子是八月十八日下午獨自來看診，當時她看上去十分苦惱。賴子告訴醫師，她的月經已延遲三個月。診察後，醫師確定賴子懷有身孕。聽到結果，賴子不知爲何顯得如釋重負。

村上問她有沒有打算生下來，賴子回答「可以的話想生」，但堅持不肯透露孩子生父的事。無論如何，她終究未成年，村上要她回家跟雙親好好商量後再來一趟。

「……如果您當時立刻和我們家聯絡，說不定能拯救小女的性命。」我將心中的哀傷原封不動地說出口。

「您說的沒錯，我承認自己有過失。然而，實際上，我們這行有個默契——即使患者未成年，依然該尊重患者本人的意志；再說，既然令千金打算將孩子生下來，我就更沒有多嘴的理由了。」

村上說的沒錯，要求他做到那種程度就太過分了。我在內心告誡自己，這樣只不過是推卸責任罷了。

「那麼，正確的時間大概是什麼時候？換句話說，就是幹那檔子事的……」

「受精的時期嗎？」

我點點頭。

「問診時，她表示五月上旬有過性行爲。雖然沒有回答得很清楚，不過大概是十日前後。」

他顧慮到我的心情，沒有特意欲言又止，口氣十分自然。於是我接受這番好意，問了另一件事。

「有沒有任何關於孩子父親的情報？」

「……這點我毫無頭緒。」

「像是血型之類的……」

「很遺憾，我不曉得胎兒的血型。這個問題問警察比較好吧，他們解剖時應該會一併檢查才對。」可能覺得光講這些太冷淡，村上重新看了一次病歷表後，補上一句，「……肚子裡的孩子發育得相當良好。」

我認爲再待下去也不會有任何收穫，便向村上道謝，準備離開。就在我起身時，他似乎想起某件事，明顯愣了一下。

「對了，令千金曾拜託我給她一份診斷證明。」

「診斷證明？懷孕四個月的？」

「嗯。我寫了一張給她，不過她沒告訴我用途。」

回家路上，我用公共電話打給警察。

我以「爲了紀念肚裡的孩子，非得知道血型不可」當藉口，想盡辦法從不願配合的中原口中問出血型，原來是個B型的男孩。

接著，我若無其事地問他，賴子有沒有將醫生的診斷證明帶在身上。他回我：「沒找到那種東西。」趁著他還沒起疑，我先掛斷了電話。

回家後，我仔細地調查賴子的房間。這回是有目的的搜索，我卻沒找到醫生所說的診斷證明，更加深了我的信心。

下午稍晚，賴子終於從警察那裡回到家中。她一個人待在外頭那麼久應該很寂寞吧，不過今晚就能全家團聚。爲了妻子，我將賴子搬進她房內。賴子像鉛製的箱子一樣沉重。見賴子最後一面後，海繪也流下眼淚，可惜布萊恩不在。

她的身體實在不像已有四個月身孕，我總覺得上了當。一切宛如一場惡夢，只不過我們再也無法從夢中醒來。

我跟海繪唯一的女兒。那雙紅茶色的眼睛。可憐的賴子。死去的女孩。我們最鍾愛的女兒死了，她的遺體就在這裡，靜靜待在棺木中。

賴子，我的女兒。我認識的賴子，我不認識的賴子。棺木中的冰冷遺體，到底是哪一個賴子？

這一連串的命題與推論，讓我確定了一件事，也讓我下定決心。

賴子會特地要診斷證明的理由只有一個——將懷孕四個月的證據亮在某人眼前，讓那人接受事實。既然哪兒都找不到診斷證明，代表她已經將那東西拿給某人看了。換言之，除了當事人與醫生之外，還有一個人知道賴子懷孕。這人無疑就是讓賴子懷孕的罪魁禍首。

這樣是不是想得太簡單了？我不這麼認為。從前因後果推想，這是最自然的結論。更何況，現在的我就算去思考其他可能性，也不會有任何收穫。

賴子沒對村上醫師透露任何關於那個男人的事，會不會是她跟對方的關係生變才不想說？眞是這樣，就算賴子亮出診斷證明逼他負責也不奇怪。賴子從小就是個一旦走投無路便會豁出去的女孩。

那天下午，賴子外出就是爲了這件事——想來是她獨自苦思三天後，終於有了向對方攤牌的覺悟。她瞞著所有人去見那個男人，告訴對方自己懷有身孕。

我想這就是死因。那個男人不但玷污了我女兒的身體，更因爲害怕即將爲人父的沉重壓力而下殺手。他是個強姦犯兼殺人犯。

殺害賴子的不是什麼恰好路過的變態，而是某個跟賴子有過「關係」的男人。

賴子，明天是妳的葬禮，我非得向妳的遺容告別不可，但曾跟妳扯上關係的人必定會留下痕跡。我會找出那個男人，但不會將他交給警察。我要親手讓他償還罪行。

八月二十六日

賴子的葬禮結束了，這是一場只有親朋好友參加的低調儀式。

告別式來了許多賴子在學校的朋友。參加者裡頭，也看得見混在親戚與我大學同事裡等人的中原刑警身影。除了以喪主身分按規矩答禮外，我並未對他人多說，倒是跟女兒的班導師說上了幾句話。這位女老師姓永井。儘管我從她口中聽到了幾個在學校跟賴子要好的朋友名字，不過她完全沒提到「男性」。

海繪沒辦法下床，所以連女兒的葬禮都無法出席，雖然很遺憾，但也無可奈何。爲了避免觸景傷情，或許這對她反而是件好事。我不希望海繪更加悲傷，況且森村小姐也只是稍微露個臉而已。

與我混亂的感情相反，儀式進行得很流暢，扛下接待工作的邦子與高田則是忙進忙出。高田眞是個好青年，如果賴子也有個跟高田一樣的兄弟就好了，相形之下，我卻只能像休克病患般呆呆坐著。雖然親戚對我說了許多安慰的話，我卻只希望他們別來管我。我的心遭到錯綜複雜的感情風暴蹂躪，其中更有把銳利的刀刃吸收了悲傷與憤怒，逼我成爲復仇誓言的俘虜。

目送女兒出殯時，我心底一直有股吶喊的衝動——賴子，我一定會替妳報仇。然而，在一切結束之前，這道誓言必須深藏在心裡，絕不能讓任何人發現。因此我拚了命地壓抑自己。

我下定決心，不管發生什麼事，都要讓殺害賴子的犯人清償罪行。我無所畏懼，決心不會動搖。

贖罪的方法唯有一死。我一定會殺了那個男人。

行動需要方針。我必須私下找出目標，所以絕對不能毫無計畫地莽撞行事。我得遠離激情，讓思緒保持冷靜。

年輕時，我曾讀過一本叫《野獸該死》的書。這是桂冠詩人塞西爾・戴・路易斯（註）以筆名尼可拉斯・布雷克的寫的小說，敘述一名獨生子遭人撞死的父親，自力找出逃逸的兇手，並親手向對方復仇。

此時的我和這本小說中的父親處境極爲接近。儘管那是個虛構的故事，我卻不禁將自

註：塞西爾・戴・路易斯（Cecil Day-Lewis，1904-1972），愛爾蘭出身的英國詩人、作家，曾在一九六七到一九七二年間擔任英國詩人最高榮譽的桂冠詩人。同時也以尼可拉斯・布雷克（Nicholas Blake）的筆名創作推理小說，遺有二十餘作水準甚高的作品。《野獸該死》（*The Beast Must Die*）是他在一九三八年發表的代表作。

己代入主角，揣摩他的思緒。奇妙的是，這個故事裡似乎隱藏了力量的泉源，讓我能鼓起勇氣面對殘酷的現實。

小說中，那位父親在尋找肇事逃逸現場的目擊者未果後，藉由純粹的思考重現車禍當時的狀況與犯人的心理，並以邏輯歸納出對方的特性。我試著模仿他，在紙上逐條列出與可恨兇手有關的已知事實，該走的路必然會在過程中浮現。就像這樣：

⑴犯人是血型為B型或AB型的男人。

這是理所當然。賴子的血型是O型，既然O型的母親懷了B型的孩子，父親的血型自然只有兩種，不是B型就是AB型。

⑵他在今年的五月十日前後曾與賴子有肉體關係。

這點也顯而易見。以父親的立場來看，我希望這只是賴子一時誤入歧途。日期能不能更精確一點？我翻開記事本五月的部分，回想賴子是否有哪一天晚歸。

五月八日（一）

九日（二）　於自宅和高田討論學會資料
十日（三）　教授會
十一日（四）
十二日（五）
十三日（六）　出席學會（於靜岡）
十四日（日）

八日、九日、十一日沒有什麼異狀。十日教授會結束後，我跟同事去喝酒所以晚歸，但賴子應該在家才對。記得七點左右從外頭打電話回家時，我還跟她說過話。問題在於十二日與十三日的晚上，那兩天我參加靜岡的學會不在家，直到十四日的下午才回家。

這兩天很可疑，賴子這段期間應該能自由行動。雖說森村小姐會來過夜，但她幾乎都在陪伴妻子，不可能盯著賴子，這表示賴子有絕佳的機會。

這樣就說得通了。發生關係的日子不是十二日就是十三日，繼續思考吧。

⑶很可能是兩廂情願，可以想見他對賴子擁有強大的影響力。

雖然其中摻雜不少我的推測，但絕非胡亂推敲。首先，我認爲賴子並非暴力性行爲的受害者。考慮到診斷證明的功用，對方不可能是陌生的暴徒。何況，我認爲自己不至於粗心到看不出強姦造成的身心傷害，從賴子告訴村上醫師她打算把孩子生下來這點，就更顯而易見了。

雖然我不相信是女方主動求歡，但賴子終究沒有拒絕，這點無法否認。這麼一來，男方就不太可能是與賴子同齡的人。從個性來看，我也不認爲賴子會委身於一個十來歲的小伙子。對方想必是個年長得多的男性，換言之，賴子也不愼跌進年輕女孩常落入的陷阱。既然是年長男性，又是親密得足以讓賴子以身相許的人物，嫌犯的範圍不就能大幅縮小了嗎？

(4)賴子懷孕應該會對他造成非常重大的損失。

這也是無庸置疑的事實，問題在於是怎樣的損失。若由前一項的推測深入思考，頗有可能是「失去社會地位」，畢竟賴子才十七歲。

(5)他有一衝動就無法克制自我的傾向。

從前後狀況推測，犯行顯然是出於一時衝動。扼殺這種手法也證明了這點。賴子的懷孕想必對兇手造成了很大的打擊。

即使如此，依舊沒有同情兇手的餘地。一個大男人居然爲了保身而對毫無抵抗力的女孩子下手，根本不值得同情。

(6) 他對於公園周邊相當熟悉。

雖然無法肯定，但我認爲犯案現場並非那個公園。中原刑警曾說過警方還沒確定行凶地點，更何況，一個十七歲女孩要將重大祕密告訴年長男人，會特別選在夜晚的公園步道嗎？

恐怕賴子是在其他地方遇害，而兇手想必是趁夜將賴子搬到公園草叢中。不用說，當然是爲了掩飾犯行，將賴子假裝成過路魔案件的遇害者。而且，那一帶晚上毫無人跡，不易遭人目擊。

從這個方向逆推，可以想見兇手熟知公園的地形，說不定還是公園附近的居民。

再稍微思考一下吧。假設二十一日晚上，賴子拜訪兇手家並在那裡遇害。話說回來，那天賴子離家時並未騎自行車。就算目的地就在公園附近，要走過去依舊太遠，換言之，賴子是搭公車前往。

可是，爲什麼賴子不騎自行車？除了冬季最冷的時期外，賴子每天都是騎車上學。她沒有刻意搭公車的必要。而且二十一日天氣晴朗，不必擔心會下雨，賴子的自行車也沒壞。

既然如此，賴子爲什麼刻意不騎車？能想到的理由只有一個。

因爲賴子造訪的地點位於陡坡。假使途中有個對女孩子太過勉強的上坡，就不難理解賴子爲何不騎車。

結論，犯人住在離公車路線很近的高地。

寫到這裡，暫時停筆，我才發現漏掉最重要的問題。眞是的，我眞想詛咒自己的粗心。

(7)爲什麼警方搜查時無視賴子懷孕這一點？

這並非今天才有的疑問。不僅如此，對警方產生的懷疑，正是我這場孤獨追查的起點。

我在大前天的文章中，曾試著對這個理所當然的疑問提出一項有力的假設。那就是——

(8) 由於害怕學生醜聞傷害校譽，齊明女學院經營者向警方施加政治壓力，阻礙他們挖掘內幕。

這個假設充滿暗示。以此爲前提，我試著進行更爲大膽的推理。

校方恐懼的醜聞，會不會比賴子懷孕嚴重？說明白一點，就是我所尋找的男人，可能與學校有關。如果那人是賴子學校的教師……？

(9) 他是齊明女學院高中部的教師？

這是個異想天開的推理嗎？不，話不能說死。

假如名門女校的教師與學生發生性關係，並在得知對方懷孕後痛下殺手，那麼責任歸屬絕對不會僅止於教師本人。既然如此，就算校方爲了搓掉案件，對警方施壓也不奇怪。實際上，他們的確具有這麼做的力量，更何況，正好有人準備了「無名變態」這個絕佳的代罪羔羊。

再將這個結論對照前述有關兇手的線索，完全符合第三項與第四項。而公園就在學校附近這點，也能滿足第六項。這代表我的推論沒錯。

此外還有一點。賴子絕對不是那種會在外頭到處玩的女孩，而且她從中學以來都是讀女校。因此，她結識異性的機會有限。最有可能親密到讓她以身相許的對象，不正是學校的老師嗎！

這下子就確定了，將第九項的問號去掉吧。總算看見一線曙光，祈禱明天能有更多進展。

八月二十七日

報復之箭決定目標了！我成功地抓到了殺人兇手的尾巴。我不是什麼信仰堅定的人，但我不得不相信是賴子的在天之靈指引我。

今天早上，我撥了兩通電話。今井望與河野理惠。這是昨天從班導師口中問出的名字，兩人都是賴子的同班同學，更是她的好友。

我表示想從朋友口中聽聽關於女兒的回憶，兩人都爽快地答應了，但我眞正的目的並不在此。我跟她們約好，下午三點在學校附近的甜點店見面。

兩人穿著制服結伴現身。我認得她們的臉，她們是昨天告別式上哭得特別厲害的兩個女孩。

我側耳傾聽兩人所說的話，裡頭充滿了深厚的感情，如雨而下的淚水則不時打斷她們。眞是溫柔的女孩。她們打從心底爲賴子的死感到悲傷，讓我也不禁眼眶一熱。但在這同時，我也因自己對她們的所作所爲感到羞恥——我欺騙了她們，想打探賴子的祕密。我扮演著哀慟的父親，小心地抓準時機詢問。

「賴子應該跟一般人一樣，有個讓她心動的異性吧？」

「嗯。」今井望點頭，「賴子跟柊老師很要好，我們常拿這點開她玩笑。」

「柊老師？」我努力保持平靜。

「去年擔任我們班導師的老師。」河野理惠接著回答，「教英文的柊伸之老師。賴子一年級的時候也是班長，經常跟老師待在一起。」

「柊老師是大家憧憬的對象。不過沒人敵得過賴子，只好放棄了。」

「老師似乎也很中意她。」

我並未追問下去，而是將話題扯開，不想讓她們明白我眞正的意圖。只要問出這個名字，我的目的便已達成。

之後，我們又持續聊了將近一小時的回憶。這些也聊完後，我對兩人陪我這麼長的時間表示感謝，兩人則反過來謝謝我讓她們有了一段美好的回憶。我目送她們離去，並爲賴子有這樣的好朋友感到高興。

只不過，她們完全沒發現賴子死亡的眞相。

我在相簿中找到了去年賴子的全班合照。班導師就在賴子旁邊。這人是名三十歲左右的英俊男子，但他的臉讓我噁心得想吐。

在鎖定這個男人之前，還有件事非得確認不可，那就是血型。就算其他條件全數滿足也沒用，只要血型不合就一切免談。問題在於要怎麼調查。現在最好避免任何顯眼的行動，但話說回來，憑我個人的力量，有辦法在不驚動對方的情況下查出血型嗎？

考慮一會兒後，我想到一個可能的手段。

去年秋天，賴子她們學校應該有一場全校規模的團體捐血。我想起賴子曾說，參加這個活動讓她有了個很痛的回憶。當時捐血的是否不只學生，連教師也包含在內？

我立刻查出號碼，撥電話到柊家。

「你好，這裡是柊家。」聽到這模糊的聲音，一陣近似痛楚的震撼竄過我的背脊。

「這裡是紅十字會捐血中心。」我覺得自己的聲音有些亢奮，「去年秋天，敝中心在齊明女學院舉辦團體捐血活動時，您也提供了血液，對吧？」

「是的。」

一如預期。我無聲地鬆了口氣。

「其實，後天有一名Rh陰性AB型的患者要動手術，不過敝中心目前缺乏該型血液，請您盡快……」

「慢著，這話什麼意思？」

「就是拜託您來捐血。根據我們的紀錄，您的血型是Rh陰性AB型……」

「怎麼可能，我是B型！」

「眞的嗎？」我假裝吃驚地說道。

「那當然，應該是你們弄錯了吧。」

「這樣啊，看來是文件紀錄上的疏失。眞是抱歉。」趁他還沒記住我的聲音時，我掛斷電話。

我的手心滿是汗水，口乾舌燥，心臟狂跳不已。但我體內還有樣東西更爲激昂、強烈地跳動。

總算找到了。柊伸之，很快你就會藉由死亡明白自己的罪有多深重。

八月二十八日

一夜過去，鎮定下來後，我才發覺原先那麼堅定的信心依然無比脆弱。確實，柊伸之這個男人符合所有我心目中兇手的條件，但那些終究只是必要條件，並非充分條件。

我絕不是害怕退縮。即使是現在，我仍舊無比憎恨殺害賴子的兇手，但復仇所需要的代價實在太多了。我並非嗜血殺人狂，絕對不能殺害無法證明其罪行的人。確定柊不但符合必要條件也滿足充分條件之前，我什麼也不能做。

話雖如此，賴子死亡至今也一星期了。不能什麼也不做，白白讓時間流逝。光是在腦中自問自答也沒有用，重點依舊在於行動。得到這個結論後，我決定用今天一整天觀察柊伸之這個男人。

昨天撥電話時，我就順便查好柊的住處。昨天雖然沒提到，但他就住在學校附近的綠北之家二樓，換句話說，離公園僅有咫尺之遙。

「我出門一趟。」我告訴海繪，「今天可能會晚點回來，替我向森村小姐說一聲。」

儘管妻子目光充滿疑惑，我依然就這麼離開了她的房間，因爲我不想浪費時間。畢竟已經八點半了。

我沒有開車，而是搭乘公車，這是爲了重新確認二十一日賴子的路線。在目標站牌下車後還得走一會兒。急著爬坡讓我有些喘，但我很快就找到了綠北之家。跟我的預期一樣，位在能俯瞰學校的高台中段，離「字見台前」的站牌很近。這棟建築似乎是近來這一帶不斷增加的獨居公寓。至少柊是單身。

尋找柊的套房時，我撞上正好要出門的他，幸好勉強敷衍過去了。對方應該不曉得我的長相，這是我們第一次打照面。

他一身出門慢跑的裝扮，懷裡抱了個運動包。背後傳來鎖門的聲響，幸好我來得早，看樣子柊是運動社團的指導老師，等會兒要去監督學生練習。

跟蹤相當輕鬆。沿路都是下坡，因此走到齊明女學院不用十分鐘。雖然不便跟進校門，但這點不成問題，因爲柊是田徑隊的指導老師，即使待在操場圍牆外也不會跟丟。

練習在十二點結束，柊步向校舍。我先繞到校門口等他出來，但過了好一陣子依舊沒看見他的身影，他大概還有什麼事要處理吧。藍色制服的警衛開始注意我，於是我撤往對街的小咖啡廳。

我隔著店裡的玻璃牆監視校門。由於得到了能思考的時間，我邊喝咖啡邊重新檢討今天早上的問題，但這件事比預期中困難，我實在想不到什麼好主意。

過了三點，柊總算出現。令我驚訝的是，他居然直接走進我待的店裡。我原本以爲他察覺有人跟蹤，但並非如此。

從柊和女服務生的簡短交談中，我得知他總會在練習後來這家店。他從包包中取出教育雜誌，認眞地閱讀起來。我則始終以眼角餘光觀察他。

不時有個聲音誘惑我表明身分質問他，但我終究拒絕了。就算這麼做，他也不會老實招供，要是亮出底牌讓對方提高戒心，反而會造成麻煩。

我手中沒有足以讓柊招供的證據。就算要出其不意讓他露出狐狸尾巴，也得握有威力大得足以打擊對方的武器，就像賴子拿出診斷證明那樣。

診斷證明！從早上起就困擾著我的難題，突然有了解答。只要能證明柊看過賴子那份消失的診斷證明，不就能解決沒有充分條件的問題了嗎？而我也有間接證明的方法。這可說是上天的啓示。

柊喝乾杯中的水後站起身，壓根不曉得鄰座的男人正籌劃著將他逼上絕路的巧妙計畫。他將咖啡錢付給女服務生，說聲「明天見」，隨即離開。一會兒後，我也追了出去。

接下來，柊又去了書店和超市，回到綠北之家時大約五點半。這時我才發現，這棟公寓是新建，因此沒什麼人入住，樓下收信處有許多沒寫上姓氏的信箱。

我對今天的成果感到很滿意，決定回家。途中我繞到三家房屋仲介商，蒐集所需的情報，計畫很快地有了雛形。

我還需要撥一通電話。幸好村上醫師記得我，爽快答應我任性的要求。我告訴他明天上午會造訪後便掛斷電話，不久電話鈴聲又響起。

是中原刑警。

他以摻雜了辯解的口吻向我報告調查遇上瓶頸一事，但我幾乎沒聽進去。

「請做好長期奮鬥的覺悟。」他說道，「但我賭上警察的威信，一定會找出兇手。」

我什麼也沒回就掛斷了電話。

而且，對於可憐他的自己感到驚訝。

森村小姐回去後，海繪找我過去。

「最近你似乎經常什麼也沒交代就往外跑，今天也一樣。你是不是有什麼關於賴子的事瞞著我？」

我無法回答。

「求求你告訴我。最近你的臉色實在讓人看不下去，表情像幽靈一樣陰沉，只剩眼睛炯炯有神，簡直像一頭被魔物附身的野獸。」

海繪直盯著我。承受不住她的目光，我不禁別過眼。

「難道你爲了賴子……」

「妳多心了。」我連忙安撫妻子。海繪敏銳的直覺總是讓我嚇一跳。

「別把自己逼太緊。賴子的事只能死心了。沒辦法，我們無能爲力，她命中注定如此……」海繪心頭似乎湧上許多情緒，打斷了她的話。「相較之下，你彷彿變了一個人似地更讓人難過。」

「放心。」我握住她的手，「賴子的事很遺憾，但我還有妳。無論如何，我依然是我，不必擔心。」

「老公……」

「我明白妳的心情，我也一樣想念賴子。妳是從我身上看見了自己。不過，想太多對身體不好，如果整天都在思考賴子的事，連妳也會變奇怪，還是放寬心胸比較好。繼續寫童話如何？妳好一陣子沒寫了。」

「嗯，就這麼辦吧。所以你也……」

我點點頭，帶著罪惡感走出房間——這是前不久發生的事。

一個到昨天爲止都沒考慮過的新問題困擾著我，那就是妻子。

先前我只想著女兒與自己的事，滿腦子都是替賴子復仇，此外一片空白。我甚至不認爲有必要去考慮其他事，因爲我已經有所覺悟，替賴子復仇後馬上以應有的形式自我了斷。我沒打算苟活，只是想淡淡地藉此一筆勾銷。

但是，留下的妻子怎麼辦？失去我之後，海繪還能獨自活下去嗎？不，對拖著病體的她而言，餘生無疑會悲慘至極，這等於將所有的債全壓在海繪一個人肩膀上。

我眞氣自己居然會遲鈍到忽略這麼重大的問題。這條路走了一半，我不認爲還能回頭，眼前卻出現天大的障礙。然而，憎恨的齒輪依舊毫不留情地轉動，我無法停下腳步。多麼殘酷的試煉啊！

但不管再怎麼慢，我也得在一兩天內將這件事做個了斷才行。

八月二十九日。

昨晚我夢到了賴子。

那是個賴子長水痘發高燒時的夢。當時她剛滿三歲，那場意外還沒發生。她始終沒有退燒，甚至有生命危險。我跟海繪三天內幾乎完全沒睡，一直陪在她身旁照料。賴子康復時，我們夫妻倆高興得在房裡跳起舞。至於當事人賴子，則瞪大眼睛，好奇地看著我們。睜開眼睛時，我不禁埋怨天爲何要亮。

妻子昨晚的話語重重壓在我心頭，但我依舊將注意力集中於計畫的準備上。就這個角度來說，今天算是忙碌的一天，而我也想藉著行動暫時遠離煩悶。

今天一早，我便開車出門。爲了不讓妻子擔心，我告訴她今天有事要去大學，但這並不完全是謊言。

我先到柊的公寓附近，目送他一身跟昨天同樣的裝扮走向學校後，隨即驅車前往村上婦產科診所。

已屆開診時刻，不過還沒有任何患者上門，我很快就見到村上醫師。

「這是說好的東西。」他遞給我一個信封。

「麻煩您幫忙，眞不好意思。」

「哪裡，沒什麼。話說回來，事後我看了報紙，就這樣認定令千金成了過路魔手下的犧牲者，未免太倉促了點。」

「那是警方的見解。」

「原來如此。」

村上醫師，雙手交抱胸前，盯著我看。

「想必您無法透露需要這種東西的理由吧。」

「非常抱歉。」

「看來不問比較好。這麼說來，令千金也沒透露過診斷證明的用途。」

他別過目光，以指甲敲打桌面，露出一副欲言又止的表情。但我依舊緊閉內心，明白展現出拒絕回答的態度。

雖然有種背叛對方好意的感覺，但我不能讓村上醫師跟計畫牽扯太深，這也是無可奈何。

我鄭重道謝後離開了診所。信封裡是賴子的診斷證明。雖然是拜託村上醫師重新寫的，卻動了些特別的手腳。除了內容，連日期、流水號都跟八月十八日下午他交給賴子的診斷證明一模一樣。

第二份診斷證明正是支撐我整個計畫的核心，將幫助我制裁柊伸之。

接著，我前往綠山的大學。我十天沒到研究室露臉，這並不是值得誇獎的事。不過，我的連續缺席時間，很可能沒多久就得更新紀錄，而且大概會持續更新一輩子。爲了之後的事著想，我打算解決剩餘的工作兼整理房間。

雖說這並非三小時能搞定的工程，但我終究收拾到能見人的程度了。至於已經著手的研究，高田應該會負責善後吧。想到這裡，我在抽屜中留了封給他的信，將一些注意事項寫在裡頭。我眞是個不及格的研究者，對於這方面竟沒有絲毫遺憾。爲了避免回家時妻子起疑，我還得在車子後座堆好幾本資料。

然後，我開車前往齊明女學院。原本我以爲有點早，但實際上並非如此，今天柊比昨天早一小時出校門。確認到他走進咖啡廳、攤開書本後，我將車開進學校。所幸今天換了一個警衛。

暑假的教職員辦公室只有一名輪值的教師，相當冷清。我就是看準這點。

爲了小女的事來此打擾眞是不好意思。小女承蒙這裡的老師關照了。獨生女能就讀這所學校，是我們夫妻的驕傲——我以打招呼為藉口說了許多虛偽的恭維話。接待我的教師一開始還搞不清楚狀況，但我一表示「為了紀念女兒的回憶想捐些微薄的金額給學校」後，他立刻眼睛一亮。

我趁著他離席的機會搜索柊的辦公桌，查看他負責班級的點名簿。一年C班，阿部光代、伊藤步美、大森惠美子、木村眞紀……

我留意到大森惠美子這個名字。她的監護人名叫大森達雄，跟我只差兩歲，似乎是適合的人選。

當值班教師回來時，我已經準備離去。非常感謝你，請替我向班導永井老師與班上同學問好……

柊還在咖啡廳。我待在車裡監視他，想要把他的一舉一動全都烙印在眼底。愈是監視，我對柊的復仇心就愈為強烈。

三十分鐘後，他走出店門。我在對側道路跟他保持一定的距離，以極為緩慢的速度跟蹤。就在這時，我目擊到了某個能突顯柊伸之這人其中一面的有趣場景。

柊打算通過路口的行人穿越道，一輛喜美差點撞上才踏出人行道兩步的他，連忙剎車，他倉促跳開才得以倖免於難。當時可說是千鈞一髮，就連旁觀的我也捏了把冷汗。

行人用號誌是綠燈，因此錯在喜美。柊氣得面紅耳赤，將運動包扔在引擎蓋上對駕駛座怒吼。駕駛是個看似軟弱的男人，只能乖乖挨罵。柊用拳頭敲打擋風玻璃，單方面怒斥喜美駕駛。

燈號改變，車潮再度流動。柊雖然還想繼續抱怨，但後面的車紛紛鳴起喇叭，他只好拿起包包走回人行道上。回頭時，他還踹了喜美的輪胎兩三腳。

第五項，他有一衝動就無法自我克制的傾向。套在柊伸之脖子上的繩子又縮了一圈。跟蹤他到綠北之家後，我突然想起一件事，因此踩下油門趕往即將關門的東急百貨店，在玩具賣場買了兩組手銬。別小看玩具，要奪走一個成年人的人身自由可是綽綽有餘。

一回到家，我就前往海繪房間。

「我回來了，抱歉晚了點。」

「歡迎回家。那是上課的資料嗎？」

「是啊，畢竟我離開工作好一陣子。暑假馬上就要結束，我想也差不多該振作起來了。」

妻子臉上浮現些許安心的神色，旋即又消失。她依然半信半疑。

「你明天能待在家裡嗎？邦子要來。」

「明天可以，我沒有要出門。」

「這樣啊，那就好。」

妻子彷彿想伸出無法自由活動的手，直盯著我，於是我輕撫海繪的臉頰。

「咦？你剛剛說什麼？」

「不，什麼也沒有。」我這麼回答。

其實我說了，海繪，我愛妳。

八月將盡，而九月就是新學期。

柊伸之現在是極度接近黑色的灰色存在，而接連到來的幸運也讓我的計畫進入讀秒階段，需要的準備更是幾乎都已完畢。在這個瞬間，我似乎聽得到賴子的聲音在說「不能讓柊迎接新學期」。在天啓的指引下，我終於走到了這裡。

之後只剩做出決定而已。沒有妥協或猶豫的餘地。

二選一，這不是很簡單嗎？

選賴子，或者選海繪。

八月三十日

沒錯，果然別無他法。我會親手殺掉柊伸之，然後自我了斷。我已在女兒的遺體前發誓復仇，不管有什麼理由都不能背叛賴子。

這對海繪而言無比殘酷，但她想必能明白。雖然或許得花點時間，但愛我的她應該能諒解。

當然，海繪會傷心，在離開人世前她想必會鎮日以淚洗面。她會失去生存的希望，有如亡靈般持續在意識的黑暗中徘徊。十四年前也是這樣。不，不僅如此，這回或許還會憎恨我的虛僞。然而，無論得面對多麼深沉的絕望，能理解我此刻心情的依然只有她。

我們分享彼此的一切，包括喜悅、悲傷，以及對賴子的愛。海繪與我、我與賴子、賴子與海繪……對我們夫妻而言，賴子是多麼重要，失去賴子又是多麼懊悔，外人絕對無法明白。只有同甘共苦過的我與妻子才能體會。所以，想必海繪總有一天會認同我的決定，也會爲了我重新鼓起活下去的勇氣。

就算我不在，海繪應該也能活下去，她不會孤單一人。她不但有獨一無二的摯友邦子，也有森村小姐陪伴。高田也一直很關心她，更重要的是有許多讀者熱烈支持她這位童話作家。有這些人的支持，妻子應該能找回自我。而只要精神能振作就沒問題，經濟上不必擔心。

相形之下，賴子卻孤獨地在遭到捨棄的黑暗單人房裡等待救贖。現在除了我以外沒人能爲她做點什麼，要是我撒手不管，賴子便永遠無法得救。

這麼一來，她未免太可憐了。若因爲生者自私的理由，選擇蓋上賴子的棺木，我就不配當個父親。既然如此，不就沒有討論餘地了嗎？至少對此刻的我來說，等於找到了答案。

我在中午前得到了這個結論。一旦分出勝負，就會讓人覺得打從一開始就只有這條路，眞是不可思議。總算能卸下最爲沉重的負擔，但同時我也不禁有種尷尬的虛脫感。

下午邦子來訪時，我已經恢復表面上的冷靜，並請森村小姐烤了五人份的蘋果派。

我們四人聚集在海繪的房間，一邊喝茶一邊吃點心。直到不久前，這反覆出現的情景中還包含了賴子。不過，今天大家只是強顏歡笑，場面有如一齣笑淚交雜的三流幕間劇。

最後我拿刀將盤中剩下五分之一的派切成四塊，分裝到大家的盤子裡。女士們則以領聖體般肅穆的表情看著我動作。

一會兒後，我開了口：

「我們這些剩下的人，有義務連賴子的份一併誠實地活下去。所以，我在此跟大家立下約定，我們絕不做出任何輕率的行爲。」

邦子首先用力點頭，接著妻子與森村小姐也露出如釋重負的表情。這也就表示，我先前總是顯得一副走投無路的樣子，隱藏眞心比想像中困難。

「邦子，明天起我會重新開始寫作。從今以後，我將爲賴子的回憶寫出更動人的作品。」

眼眶含淚的海繪堅定地說道。沒錯，就是這樣。我們輪流擁抱海繪，然後邦子拍拍大家的肩膀，開口：

「讓我們大家同心協力，連賴子的份一起加油吧。」

在旁人眼中，此情此景或許太過做作，但我們都無比認眞，就連我也暫時忘了深藏心中的誓言。

「以後我們也像這樣集合起來回憶賴子，大家覺得如何？」最後森村小姐提議。

「這主意不錯。」我表示贊成，「到時候得把高田也找來。」我嘴上說著，腦中悄悄描繪出那時的景象。

畫面裡當然沒有我。

我的計畫很完美，不可能失敗。

我將這項計畫稱爲「Fail．Safe」作戰，意思是萬一失敗（Fail）了依然能保障安全（Safe）。就算發覺柊伸之這個人並未滿足充分條件，我仍舊來得及回頭，能避免殺害無法證明其罪行的人。

當然，實際上幾乎不可能如此，我不認爲除了柊以外還有什麼可疑人物。而最重要之處在於，採取這項「Fail．Safe」作戰能讓我在不必顧慮良心的情況下完成復仇。對我這種人而言，這點極爲重要。

儘管我不怕殺人，卻沒遲鈍到殺害無辜男人還能若無其事。正因如此，處刑的瞬間，我非得有十足的把握不可。

「Fail．Safe」作戰已進入下一個步驟。

現在，我利用柊班上學生父親的名字，藉口商量女兒出路要求與他面談。之所以這麼做，原因在於我絕不能讓柊一開始就明白我是賴子的父親。「Fail・Safe」作戰，基本上是一種心理奇襲。

我將以大森達雄的身分平靜地造訪綠北之家，並在柊讓我進門後立刻拿出賴子的診斷證明。

這瞬間應該就會決定勝負，如果他是無辜的，就不會有明顯的反應。但柊勢必會大受衝擊，畢竟他在二十一日的晚上應該看過一模一樣的東西。他多半已親手銷毀了第一份診斷證明，看見第二份診斷證明鐵定會讓他更為混亂，於是，殺害賴子那晚的記憶，將暫時自他腦中甦醒！不管怎樣的人都無法承受良心的譴責，他必然會驚慌失措。

這正是柊暴露自身罪行的瞬間。清白的人不會輕易為此戰慄不安，顯得大為動搖就等於宣判自己死刑。而我想必不會放過他內在眞正的樣貌。

同時，柊必然也會明白一切。明白我的身分、我的目的，以及自己犯下多麼愚蠢的錯誤，更會察覺他就算想否認罪行也為時已晚。儘管不曉得他是否會認命地從實招來，但在這個時間點，無論有沒有自白，結果都一樣。

接下來，就依既定步驟行事，趁柊動搖時制住他。只要拿刀抵著身體，再銬住四肢，他就無法抵抗了。我已將從房仲那裡查到的綠北之家配置圖記在腦中，套房的牆壁很厚，隔音完善，就算求救外頭也聽不到。然後，我會將刀子扎實地刺進體內，見證柊的死亡。

刀子！這也是重要的道具。我決定以賴子送的拆信刀了解柊的性命。這是好幾年前賴子送我的生日禮物，上頭充滿了回憶，沒有更適合替這場復仇劇收尾的武器了。

不需要善後。我沒打算掩飾自己的罪行，會在司法找上門前自盡。

我反覆自問有沒有死亡的必要，特別是一考慮到海繪的將來，我就會想自己是不是有活下去的義務。我也盤算過完全犯罪的可能性，而這並非不可能，至少在警察改變賴子命案的調查方針前，他們應該找不到我殺害柊伸之的動機。所以，只要巧妙地與其周旋，說不定我能擺脫嫌疑……然而，到頭來，我仍舊沒改變最初的決心。我會制裁自己。

這點很難解釋清楚，我想應該算是某種人品問題。也就是說，既然我以殺人這種嚴厲手段制裁了柊伸之，若不同樣嚴格制裁自身的所作所爲，便算不上公正。縱使我能藉由跟賴子的關係將復仇正當化，行爲本身終究只是名爲「殺人」的犯罪。因此，如果我要柊以死贖罪，我也得對自己宣判同樣的刑罰才行……這就叫正義。

不僅如此。就算能逃過警方的追究，我殺了人這點依舊不變。我實在沒辦法遮住這個烙印繼續與妻子生活，更不可能向海繪坦白。與其過這種虛僞的生活，我寧願一死。

十四年前，在我們還沒取名的未出世長子死亡時，妻子永遠失去身體的自由，她將自己的身體獻給兒子的靈魂，這回輪到我了。如今賴子已死，我就以自身替女兒殉葬吧。

明天將成爲我人生的最後一天。

八月三十一日

就是今天。

令我驚訝的是，此刻的我冷靜得實在不像個數小時後就要行凶的人。人心眞是不可思議，我居然能正視自己，到昨晚爲止的煩悶就像假的一樣。

我試著回頭讀昨天的記述，尤其是前半部分，覺得十分丟臉。我的腦子似乎出了問題，居然想用那種僞善的態度將自己的決定正當化，簡直像個傻瓜。做這種事有什麼意義？我早過了需要裝模作樣說服自己的年齡，就算把自己的決斷歸咎於命運也沒用。

更何況，這並非答案明擺在眼前的問題。我將自己逼到盡頭後，選了這個答案，重要的只有「我以自身意志選擇了復仇」這個結論，至於這是對是錯沒有人知道。

明明只要記錄事實就好，我卻寫了多餘的東西。

我愛賴子。我愛海繪。儘管我對兩人的愛情無法相比，可是我選擇替賴子復仇，相對地也就背叛了海繪；但我對妻子的愛始終不變……這就是一切。

然而，我還能向妻子乞求寬恕嗎？這是否等同要她無條件地完全寬恕我？此刻的我，還有相信海繪的權利嗎……打算背叛妻子的我，有這種權利嗎？

剛剛我跟柊伸之通了電話。他相信我是大森惠美子的父親，並未抱持半點疑問。一如計畫，我跟柊約好今晚八點造訪他在綠北之家的住處。我不擔心一眼就穿幫，只要帶份伴手禮前往應該就不會讓人起疑。

再過數小時，我的徬徨就會畫下休止符。沒有人能阻礙我，我的計畫將會順利進行……這都是爲了賴子。

三十一日後續

柊伸之死了。我把他按倒在地，從背後對著心臟將刀子插進去。過程中沒碰到骨頭，刀柄就這麼一路埋進肉裡，我冷靜地看著柊斷氣。

他看見診斷證明時的慌張程度比我預期中還大，一張臉僵住了，嘴巴像要說些什麼似地半張著，我甚至以爲聽到血液從臉上褪去的聲音。診斷證明從柊手裡滑落在地，他死盯著我，彷彿連眨眼都忘了。

那時，柊必定留意到我的眼睛，跟賴子同爲紅茶色的父親之眼。他立刻明白一切，掌管表情的肌肉都因爲恐懼而激烈收縮。賴子小時候，我們一家三口曾去遊樂園裡的鬼屋玩。還記得賴子見到自己映在哈哈鏡中的身影時嚇得瞪大雙眼，而柊的表情宛如重現當時的鏡像般扭曲……不過，我不曉得自己爲什麼會有這種錯覺。一會兒後，他全身開始痙攣。

「我沒打算殺她……」柊如此呻吟著，坐倒在地。

沒必要猶豫。我撲向柊，他幾乎沒有抵抗。我拿刀抵著他，將他的雙手雙腳拉到背後，用事先準備的手銬銬住，於是他變得像個小孩一樣老實。

這是柊臨死前的最後一句話。我爲了讓他看而將他的頭轉過來。這個名爲柊伸之的男人，從頭髮到指甲，身上所有地方都醜惡得讓人難以忍受。這是他自作自受，我沒有半分憐憫。重新握緊刀子時，我彷彿聽到了賴子的聲音。

「別殺我……」

……結束不到一小時，我現在只想讓一切落幕。身邊事務已打理完畢，沒多少時間了。

等寫完這篇手記，我就會把藥吃掉。我偷偷從海繪的藥櫃裡拿了抗憂鬱劑，這是得知賴子死訊隔天，森村小姐跟海繪的主治醫師索取的。十四年前那場意外後，妻子服用那種藥品好一陣子，因此現在依然能輕易地弄到處方箋。這本來是爲了緩和妻子心痛而交給我保管的藥，但我也曉得它另有用途。

海繪，這份手記是爲妳而寫。從動筆的那晚起，我就猜到會有這種結局，所以才覺得必須爲了妳寫下一切。這裡頭記錄了我這個充滿矛盾的人，我希望妳明白我的哀傷、我的憤怒、我的痛苦、我的決心、我的欺瞞、我的愛、我的罪惡感，以及我心中的一切糾葛。這是我唯一爲妳做的事。

我沒有向妳乞求寬恕的資格，就算妳詛咒我也無妨。但如果妳讀了這份手記，又有任何地方能與我有所共鳴，希望妳能可憐我，就算只有一點點也好。對我而言這樣就夠了，這樣就足以拯救我了。

海繪，請妳務必好好活下去。連我的份、賴子的份，以及沒能出世的兒子的份一起活下去。沒辦法照顧妳到最後實在很抱歉，我是個糟糕的丈夫。

……雖然我說過要坦白一切，卻漏寫一件事。我一度考慮要帶妳一起上路。當然，這種念頭我馬上就拋諸腦後，但就算只有一次也讓我引以爲恥。請斥責我的愚蠢吧，妳的丈夫罪孽就是如此深重。

好了，就這樣結束吧。再見，海繪。我這就去陪伴賴子。我愛妳們，愛我無可取代的家人。

第二部　餘波

孩子們只不過先走，
而且他們不想回頭。
讓我們隨孩子前往山丘，
登上那風和日麗的山丘。

——《悼亡兒之歌》

好熱。

森村妙子脫口而出。

窗戶明明關著，夜晚的熱氣卻緊緊貼在肌膚上，始終沒有遠去的跡象。即使沖個冷水澡再換上寬鬆的薄衣，這股燥熱依舊不肯離去，讓人明明不想活動卻怎麼也坐不住。

不，其實妙子也曉得這並非暑熱所致。更何況，一個人待在冷氣這麼強的屋子裡哪可能熱成那樣……

妙子之所以坐立不安並非因爲外界，而是她的內心。天氣熱不過是敷衍自身心情的藉口，實際上有股更爲明確的不安執拗地折磨著妙子。她只想得出一個理由，而正因爲連她自己也明白，所以無法坐視這種不祥的預感。

她再度看向掛鐘。

晚上九點三十二分，差不多一小時了。妙子忍不住將手伸向桌上的電話，但她雖然拿起話筒卻始終沒按下號碼，只是下意識地不斷讓話筒在手中移動。

一定是自己多心了。妙子輕咬嘴唇，看著手掌映在話筒上的陰影。她不想每次有什麼事就擺出一副自家人的樣子，讓人覺得自己是個雞婆的女人。

最後她就這麼放回話筒，翻閱起買了放著的雜誌。只不過妙子完全沒將上頭的鉛字看進眼裡，西村教授那無意間讓她瞄到的狼狽神情始終揮之不去。妙子轉頭看向時鐘，九點三十六分。這是第幾次了？她打算開電視解悶，雙手所及處卻遍尋不著遙控器，因此她也失去了看電視的興致。落在心底的不安陰影，已經伸長到無法忽視的地步了。

今晚教授的樣子不太對勁，應該說有種不尋常的感覺嗎……

確實，自從發生賴子那件事以後，教授經常露出陰沉的表情，但他從未像今天這樣顯得殺氣騰騰。妙子覺得自己彷彿整顆心揪在一起。那會不會是某種危險信號？

教授似乎在八點前悄悄離開了家門，八點過後家中就見不到他的身影。就連詢問太太，她也只是歪著頭說想不到他出門的理由。晚上一聲不吭地離家，實在不像他。

八點二十五分左右，汽車停進車庫的聲響傳來。擔心的妙子跑到玄關，將門開了一個小縫，隨即看見一家之主的臉，於是她說了聲「歡迎回來」便側身讓路。教授眼中滿是狼狽，妙子以爲自己看見什麼不該看的東西。

「森村小姐。」西村教授反手關上門，唐突地開口，「妳可以回去了。」

「可是，您突然這麼說……」

「拜託。」教授語帶些微顫抖，「今晚請妳暫時離開這裡，要不然……」

說到這裡，他突然閉上了嘴。妙子感受到近似敵意的氣息，不由得退縮。

「我、我知道了，我這就下班。」

她慌慌張張地跑出西村家。

回到自家，靜下心思考後，妙子不禁擔心起來。無法形容的不祥預感騷動著她的心。

一想到這不是外人該擅自臆測或煩惱的事，她就更加不安。

平時沉穩的教授居然那麼慌亂，令她毛骨悚然。到底他在外頭出了什麼事？那副狼狽的樣子，簡直像在行凶現場遭人目擊的殺人犯。

不對……妙子立刻甩開這個念頭。殺人犯這種聯想未免太荒謬了。此刻時鐘正指著九點三十九分。他好不容易才決定從賴子死亡的打擊中重新站起來，我卻滿腦子怪念頭。秒針走了三十秒。怎能懷疑說好絕不輕率行事的人呢？妙子的目光無法離開時鐘。沒錯，一定是我想太多了。不可能發生（五十六秒、五十七秒、五十八秒）什麼壞事。九點四十分……可是，爲什麼我會這麼在意時鐘？再說，我到底在急什麼呢？還是說……這是某種預兆？

妙子反射性地抓起話筒，這回她毫不猶豫地撥打西村家的電話號碼。撥號聲隨之響起，嘟嘟嘟嘟，在她耳中不停迴盪。

沒有人接。爲什麼？教授不在家嗎？還是他出了什麼……

妙子掛斷電話另撥其他號碼——夫人房內專用電話的號碼。夫人正式決定創作童話時，爲了工作方便而另拉了新電話線。這回第一聲還沒響完對方就接起來了。

「喂，太太嗎？我是森村……」

「森村小姐？太好了，我正打算撥電話給妳。」

「呃，剛才匆忙下班，眞是抱歉。」

「那種事不要緊。話說回來，我老公的樣子不太對勁。剛才外頭的電話響個不停，他卻完全沒接。」

「那是我打的。」

「這樣啊。還有我試著按了好幾次呼叫鈴，但完全沒有回應。想必出了什麼事，可是我一個人什麼也辦不到。森村小姐，能不能麻煩妳立刻過來？我好害怕有什麼意外。」

「知道了，我馬上就到，請您別擔心。」

妙子掛斷電話後立刻準備出門，同時也責怪自己應該早點撥電話。她只希望能在發生什麼無法挽回的事情之前趕到。

她從公寓騎機車飆了七分鐘，抵達西村家時接近十點四分，教授孤身一人度過一個半小時。雖然教授親自鎖上大門，但妙子帶著備份鑰匙。

除了太太房間以外，屋裡一片漆黑。妙子邊打開電燈邊確認各個房間。書房沒有他的身影。天氣明明不冷，妙子卻不禁發抖。他不在樓下。

賴子小姐的房間！妙子突然靈光一閃奔上樓。房間的門半開著。妙子先停下腳步，然後靜靜地踏入房間裡開燈。

見到那個背影時，妙子還以爲他斷氣了。西村悠史坐在女兒的椅子上朝前趴著，看起來就像抱著女兒的書桌一樣。

桌上倒著一個拿下蓋子的空藥瓶，妙子記得那是裝抗憂鬱劑的瓶子。旁邊還有個空酒杯跟威士忌瓶。她戰戰兢兢地靠近打量，發現教授嘴邊有液體的痕跡。妙子一聞之下，馬上發覺西村教授是把藥和著酒吞下去。即使一片空白的腦袋相信教授已死，她還是基於護士的習慣下意識地探向教授的脈搏。

手指感覺到微弱脈搏的瞬間，妙子不由得叫出聲來。這個人還活著！

趕上了。妙子欣喜若狂，她或許避開了最糟糕的發展。只要適當急救，還有希望保住西村教授的命。妙子全身顫抖地對自己發誓。

她絕不會讓這個人死。

隔天九月一日的早上，西村悠史在與自身意志無關的情況下死裡逃生。

第一發現者森村妙子進行適當急救，對於將他從死亡邊緣拉回來一事居功厥偉。儘管他送進急診中心時狀況相當糟糕，但隨著時間經過已能看見恢復的徵兆。

患者或許會持續昏睡，但性命已無大礙。最後醫師如此判斷時，從他服毒算起已過了大約十個小時。

然而，雖然他奇蹟似地撿回一條命，在社會上的立場卻也愈發嚴峻。

昨天晚上，接獲自殺未遂通報趕到現場的警官，在西村書房找到了一本似乎是遺書的筆記。內文是西村於服毒前十天起逐日寫下的日記，將近結尾處的記述讓該名警官大吃一驚。

柊伸之死了。我把他按倒在地，從背後對著心臟將刀子插進去……

十五分鐘後，接到聯絡的綠北署刑警在綠北的柊伸之住處找到了屍體。四肢被銬起的柊伏地而死。肩膀下方有把刀深深地刺進去，貫穿了右心室。凶器具備了拴子的功能因此沒流多少血，但他依舊當場死亡，下場跟西村悠史手記中的描述吻合。凶器上採到了鮮明的指紋，比對結果確定與西村悠史的指紋一致，加上找到死者讓西村家獨生女懷孕的證據，讓案情有了決定性的發展。一早召開的緊急調查會議上，全場一致決定待西村嫌犯恢復意識就進行詳細的偵訊。

另一方面，西村悠史的手記爲證明故意殺人的重要證物，當天便已扣押。此外警方還開了這類案件的特例，將手記影本交給包含家人在內的關係人士。

首先閱讀這份手記的人裡頭，也包括了負責偵辦西村賴子命案的綠北署中原刑警。他爲此大感頭痛，他的上司也臉色發青。

「……這下麻煩了，非得想辦法保住警察的面子不可。」

在意面子的人不止他們，齊明女學院的理事長水澤惠里子也是其中之一。

她接到案情報告後，立刻打了通直撥電話給身爲眾議員的親哥哥。而議員也從其他管道得到了情報，緊急爲了妹妹召集自己的智囊團研討對策。最後得到的答案，不管怎麼看都是個奇招。

儘管議員懷疑這招的效果，但他還是聯絡了中央黨部要某位高級官僚友人幫忙，友人收到指令後，便為此在行政機關與警視廳中樞斡旋。

當天下午警視廳某間狹窄辦公室裡，身為刑事部搜查課主幹的法月貞雄警視接下了那道指令。他在掛斷內線電話的同時，無奈地輕聲嘆了口氣。

第三部　重新調查I

此刻旭日已然東升，
夜裡的不幸似未發生。
遭逢厄運者唯我一個，
太陽依舊普照世人。

——《悼亡兒之歌》

1

「任職於名門女校的單身教師，不但讓自己的學生懷孕，還怕事情穿幫而痛下殺手。失去愛女的父親獨力查明眞相並復仇後，企圖自殺隨女兒離開人世……確實値得同情，但也因此沒什麼質疑的餘地，只不過很聳動罷了。這不是典型的社會新聞案件嗎？」

「沒錯。」法月警視若無其事地回答。

「而且那位父親還在手記中告白了一切吧？接下來就是八卦雜誌追蹤報導的範圍了。爲什麼我非得重新調查這個案件不可？」

「因爲這是個需要小心處理的案子。」

「講得像內閣閣員的國會答詢一樣。」

「唉，差不多吧。」

警視露出神祕的微笑。

他趁著綸太郎搞懂笑容的含意前，搖了一下兒子的肩膀，然後以空下來的那隻手切掉眼前文書處理器的電源。

「哇！你幹什麼！」

綸太郎連忙將父親的手從開關上撥掉，然而爲時已晚，他的新原稿彷彿被吸入黑暗深處般消失無蹤。

他重新看向畫面，警視臉上依然掛著同樣的笑容。

「太過分了。」綸太郎出聲抗議，「關掉電源前必須將新資料存進磁片裡才行，爸爸你應該也很清楚吧？」

「僅限於有新資料的時候。」警視毫無愧疚之意，「剛剛的畫面，跟我傍晚瞄到時一樣，你根本沒有半點進展。」

「唉呀……原來如此。」

綸太郎聳聳肩，從椅子上起身，站到父親面前。兩人一面對面，就成了綸太郎居高臨下的狀態，但現在落於下風的顯然是他。在這個世界上，沒有什麼人比寫不出稿子的推理作家還要弱小、卑微。

警視以眼神示意到起居室談，綸太郎矛盾地看了文書處理器的黑畫面一眼，隨即嘆了口氣，跟著父親走出房間。

在起居室的藤椅坐下後，警視遞了罐冰啤酒給兒子。綸太郎拉開拉環，主動問道：

「爸爸，老實告訴我，你們到底要我找什麼？」

警視沉默地讓啤酒流入腹內，咳了一聲。接著，他立刻正色，瞇起一隻眼，以略微粗魯的口氣說：

「什麼也不必找，他們只是要利用你的名字影響社會大眾而已。」

綸太郎睜大雙眼。

「這什麼意思？」

「換句話說，就是這麼回事……」法月警視若無其事地說，「我的兒子呢，不知不覺間被媒體捧成名偵探了。」

「你明明也跟著他們起舞。」

警視無視兒子的發言，繼續說：

「也因爲如此，愚昧無知的大眾一看見法月綸太郎這個名字，就會在心裡這麼想——啊，這個案子一定有什麼出人意料的內情，要不然那位名偵探不可能特地出馬。當然，這種想法只不過是毫無根據的幻影罷了。」

「講得眞苛刻。」

「但這個案子大概也會一樣，簡單來說，就是用你避免醜聞。」

警視彈了彈啤酒罐。

「剛才你說過，這個案子已經到了八卦雜誌追蹤報導的範圍吧？沒錯，照這樣發展下去，齊明女學院的神聖印象會徹底破滅。這樁醜聞足以毀掉全國屈指可數的名門女校，更會有人因此頭痛，比方說齊明女學院的理事長。你知道她哥哥是誰嗎？」

「水澤德一……教育方面的專家，知名的保守黨中堅議員，對吧。」

「沒錯。」警視頷首，「對學校的影響自然不在話下，水澤議員本人的形象也可能大受打擊，他們不希望變成這樣，因此想安排煙霧彈。然而，事實已經公開，沒辦法用普通手段把這個案子敷衍過去，所以他們才要請你出馬。」

綸太郎的手肘靠在椅背上。這件事的發展很詭異，他實在不想當個政治權謀的馬前卒。

「就算對我寄予厚望，我也沒辦法爲他們找出有利的新事實。」

「我說了沒這個必要。」警視淡淡地說道，「要的只是藉由你出馬，讓世間以爲案子有內情，你本人什麼都不用做。」

「會這麼順利嗎？」

「會。社會大眾對於『法月綸太郎』這個名字有種先入爲主的觀念，就算你什麼也不做，他們多半也會擅自曲解事實。他們會認爲無風不起浪，進而開始尋找其他原因。不久便會有自稱『知道內情』的人散布荒誕無稽的傳聞，好比『這是意圖詆毀齊明女學院的陰謀』等會讓蠢蛋開心上鉤的謠言。只要亮出你的名字，人們就會接受『其實另有原因』、『齊明女學院是遭人陷害』之類的說法。於是醜聞中和，學校形象得以保住，你的推理檔案中則會加入『未解決』這三個字。懂了嗎？這就是新的劇本。」

「這未免太蠢了。」

「顯然是個蠢劇本。不過，事情必定會照我所說的發展下去。」

「可是，這麼一來我不就糗了。」

「那當然。」警視不悅地說道，「像你這種人，不管再怎麼強調自己的價值，從體制一方的角度來看，依舊只是個方便的宣傳道具而已。」

綸太郎感覺自己氣血上湧，於是輕輕搖了搖頭。警視又開了一罐啤酒。

把我當成對付醜聞的緩衝裝置！日子未免太難過了，綸太郎心想。居然將名偵探的名聲當成操縱群眾意志的棋子，從未想過自己會碰上這種事。柯南・道爾爵士，眞羨慕你那個年代……

綸太郎重新打起精神，開口問道：

「不過，平常你總對他們不假以辭色，爲什麼這回要把這種鬧劇推給我？」

「你大概不會明白，這裡頭有很多政治上的衝突。而我到了這把年紀後，也會擔心起退休生活，畢竟沒什麼能比多點退休金還要來得保險。你那點版稅可沒辦法指望。」

「這話實在不像是在『月蝕莊』（註）案件之際，從頭到尾堅持己見的人會說的。」

警視顯得不太高興。

「那是另一回事。何況也因爲做出那種事，搞得後來上頭一天到晚盯著我。要是不趁這種機會賺點印象分數，遲早會惹來莫須有的懷疑。」

「眞沒辦法。」綸太郎聳了聳肩。

「唉，你就用輕鬆的心情接下委託吧。這裡有女孩父親所留手記的影本，看過一遍後應該就能明白案件的概要，接下來隨你高興。如果打算認眞調查，我能幫點小忙。如果什麼也不想做，去那附近散散步，然後弄份請款單就好。」

「不過，我還有小說的截稿日……」

「那種東西扔到一邊去！思路卡住時再怎麼掙扎都沒用，勉強動筆寫不出好東西的。」

「可是……」

「唉，聽我說。你最近照過鏡子嗎？瞧你一副著迷推理過了頭似的表情，這不是好徵兆。暫時把工作拋開，試著改變一下心情如何？這樣絕對比較好。」

警視將用訂書針訂在一起的整疊影印紙塞到綸太郎懷裡。

「至少讀讀這份手記。偶爾讀讀其他人寫的東西也不錯，我保證這玩意很有意思。讀完之後，要怎樣隨你高興。話就說到這裡，我先睡了。晚安。」

警視自顧自地把要講的話講完，隨即走回寢室。被丟下的綸太郎再度無奈地嘆了口氣。對方都擺出那種態度了，他說什麼也沒用。

不過，父親說的也有道理。近來劇情設計陷入瓶頸、原稿停滯不前是事實。連「著迷

註：法月綸太郎在一九八九年發表的《雪密室》中的事件地點。

推理過了頭」這種詞都出來了，顯然法月警視的嘴已經變得跟評論家一樣毒。

還是評論家的用語愈來愈有警視廳風格呢？

綸太郎看向通往自己房間的門。裡頭有個十四吋高解析度ＣＲＴ款式的立方體黑洞，等著壓榨他腦中的每一分想像力。綸太郎抖抖身子，重新拿起那疊手記影本……正如老爸所言，偶爾跟這種案子扯上關係也不錯。

他喝乾已經沒什麼氣泡的剩餘啤酒，翻閱起那份手記。

「喂，這是怎麼回事？」

綸太郎吃驚地從成列文字中抬起頭。身穿睡衣的父親不知不覺間已站在兒子面前低頭看著他。

「怎麼了？你不是說要先睡嗎？」

「你在說什麼啊，天都亮了。」

綸太郎看向窗戶，隱約能見到外面的光線透進窗簾。他感覺眼睛有些刺痛，不由得連眨了好幾下。

「……眞的耶。」

「你沒睡嗎？」

綸太郎這才仔細打量自己的樣子。

「看來是這樣。開始閱讀這份手記後，不小心沉浸在裡頭了。」

「不過，這點份量花不了一個晚上吧？」

「那當然，我反覆讀了好幾回。」

「哈哈。」警視露出笑容，「看樣子你有所發現，裡頭眞的有些玄機。」

綸太郎頷首。

「我接受重新調查的委託。」

「這樣啊。從你的樣子看來，大人物的策略說不定會適得其反。」警視帶著些許得意低語，「好，我去泡咖啡，細節等會兒再商量。什麼應付醜聞，管他的！」

2

綠北署位於市尾地區的國道沿線。或許是後方有塊尙未整地的河灘，建築散發的公家機關氣息與周圍景色顯得格格不入。綸太郎就在警署的一樓與中原刑警見面。

中原是個五官輪廓頗深的寬肩男子，薄薄的嘴唇隱約給人缺乏同情心的印象。綸太郎回想起手記中的人物描寫，心情有些沉重。這人似乎不是初次見面就能輕鬆交談的對象。尤其是爲了這種需要小心處理的案件打交道時。

自我介紹完畢，兩人分別坐下。這位置除了布告欄的陰暗色彩，沒什麼能引人注目的東西，十分冷清。中原悠哉地蹺起腳，以面試主考官般高高在上的口氣起頭。

「我想這不是需要勞駕你這種大人物的案子。」

「這點現在還不能說死。」大人物這個詞顯然是諷刺，但綸太郎並未理會。「那麼西村先生的狀況如何？」

「雖然沒有生命危險，但意識尚未恢復。要偵訊還得等一陣子。」

「一陣子是多久？」

「大約三、四天吧。」

「拘捕令簽了嗎？」

「還沒。我們打算等當事人病情好轉，再請他同意出面應訊。」突然間，中原以評估的眼神打量起綸太郎，「話說回來，你剛才稱呼他為『西村先生』吧？明知他是殺人犯，還要偏袒他嗎？」

「我認為西村先生值得同情。」

「不過，他依舊是個殺人犯。你讀過他的手記了嗎？」

「是的，他將您描述得很壞呢。」

綸太郎為了窺探對方反應，補上這麼一句話，中原臉上隨即浮現微微苦笑。

「沒錯。但那也是無可奈何，沒什麼好計較的。刑警這種職業，有三分之二的工作會惹人厭。不過，他如果稍微謙虛點把我的忠告聽進去，事情大概就不會變成這樣了。這部分暫且不提，以犯罪心理學專家的角度來看，你覺得那份手記怎麼樣？」

「非常有意思，而且其中有好幾處令人在意的記述。」

「好幾處？」中原雙眉的間距縮小，產生了折痕似的縱向皺紋，「眞是令人意外。這也就是說，您幾乎將他手記中所寫的東西全當眞了？」

綸太郎不置可否地聳聳肩。

「還在研究中。」

「依我看，那份手記根本是錯誤連篇的笑話，裡頭滿滿的誤解和愚蠢的念頭。」

「不必批評得這麼狠吧？」

「我倒覺得很客氣了。畢竟他的錯誤臆測，不但把殺人罪推給一名無辜男人，還奪走了對方的性命。你不覺得再怎麼責備他都不爲過嗎？」

綸太郎盯著中原，對方充滿自信的表情沒有半分動搖，輪廓分明的容顏就像一面令人無從著手的峭壁。綸太郎將無形的苦水吞回去，出於保險起見，問道：

「換句話說，柊伸之並非殺害西村賴子的眞兇？」

中原理所當然地點點頭，眼底有著堅信不移的光芒。

「西村應該把我的話好好聽進去。他最大的錯誤，就是在毫無根據的情形下，倉促認定『讓賴子小姐懷孕者等於殺人兇手。』柊伸之確實是孩子的父親，不過也就是這樣而已，除此之外他並未做出什麼非償命不可的壞事。」

綸太郎舉起手打斷中原。

「那麼，柊確實是西村賴子發生關係的對象嘍？」

「是的。」

「警方又是怎麼知道的？」

中原望向外頭，擺出一副沉思的樣子。但那只是個短得一看就知道在裝模作樣的動作，答案馬上就揭曉。

「因爲有些事實還沒公開。我可以透露給你，麻煩別說出去。其實，我們在綠北之家的柊住處找到了第一份診斷證明……方便起見，我直接把手記裡的描述搬過來用。」

「在屋子裡的什麼地方？」

「調查員發現夾在書桌抽屜深處的備忘錄裡面。這傢伙眞是個笨蛋，這種東西明明趕快撕掉就好，居然還特地收起來。八成是打算當成紀念品吧。」

這出人意料的口吻，表現出了中原對死者的眞實觀感。他對柊既不憐憫也不同情。

「這麼一來，同時也證明了西村賴子在二十一日晚上曾造訪柊的住處。」

「沒錯。」中原說道，「所以，父親的推理至少到這邊還算正確，只是尾巴收得太天眞了。賴子小姐當晚平安無事地離開了柊住的地方。」

「有證據嗎？」

「當然有。首先，柊沒有處理掉診斷證明。如果他是殺人犯，當然該優先湮滅證據。

其次，即使命案發生在綠北之家，仍然不能忽略搬運屍體的問題。儘管公園離綠北之家不遠，步行依舊要花上十分鐘。雖說深夜時分人煙稀少，扛著屍體走到公園還是很危險；如果開車自然另當別論，可惜柊沒有駕照。命案發生在公園內比較合理。」

聽起來很有道理，但全都只是間接證據，要用來否定柊的犯行實在欠缺說服力。而且西村悠史的手記中更清楚地記載了柊本人認罪的發言。

綸太郎詢問該如何解釋這一點。

「那部分完全是西村捏造的。」中原回答。

「捏造？」

「不錯。恐怕他根本沒給柊辯解的機會，一進屋子就動手殺人。他大概滿腦子認定柊就是殺人兇手，以爲自己聽到了那些不存在的話語吧？不過當事人鐵定眞的這麼認爲，偵訊時他多半會頑固地堅持己見。」

這或許是預先準備好的答案。中原的口吻雖然熱情，內容卻呆板又老套。

「可是，西村先生應該有『Fail・Safe』作戰這張王牌才對。」

「那正是狂熱分子最常用的瘋言瘋語。你怎麼會被這種敷衍外行人的修辭技巧誤導呢，法月先生。他打從一開始就沒考慮過柊並非兇手的可能性，那只是用來宣稱自己既愼重又冷靜的障眼法罷了。」

綸太郎十分不屑中原這種斬釘截鐵的口氣，但他沒打算正面反駁對方。因爲他雖然沒有中原那麼嚴重的偏見，卻也覺得「Fail・Safe」作戰有點可疑。

只不過，中原似乎將綸太郎的反應當成了軟弱，態度愈來愈傲慢。

「你明白我為什麼要西村別去找孩子的父親吧？就是怕發生這種事。」

中原拋了個要求認同的眼神過來。發覺綸太郎視而不見後，對方便若無其事地將目光收回，自顧自地說下去：

「人這種動物，總是喜歡把各種罪名安到附近的某人身上，悲劇往往因此而生。西村也在不知不覺間錯失了眞正該恨的敵人，將憎恨的目標鎖在伸手可及之處。憎恨絕對無法以理性控制。

這種例子我看多了，所以很清楚，也是因為不希望他走上這條路才提出忠告。唉，我的說服方法或許也有問題，但以這個案例而言，只能說把良心建議當耳邊風的西村不知好歹。」

不能任由中原牽著鼻子走，綸太郎重新提出質疑。

「如果柊不是兇手，又是誰殺了賴子小姐？」

「你還眞囉唆。」中原不耐煩地回答，「我應該一開始就說過，這是一樁連續殺人案。不但調查報告上這麼寫，我也跟西村講過好幾次，這回還得跟你解釋，講得我嘴巴都酸了。」

突然，中原的目光從綸太郎移開，飄到了「切勿吸食有機溶劑」的宣導海報上。海報上頭畫了一個臉頰深陷、兩眼無神的蒼白少年。

這張圖固然經過誇飾，表情卻極爲寫實。中原的側臉，看上去簡直就像在對那個少年說話一樣。

「那天晚上，賴子小姐離開柊的住處後繞去公園，可能是爲了撫平激昂的情緒吧。要不是這樣，一個年輕女孩不該在那種時間一個人去那裡。這說明了她當時的精神狀況有異。

她跟柊的交涉到底是順利還是決裂，如今已無法弄明白，但這件事跟案情無關。在那之後，她被找尋新獵物的變態看上，在公園裡慘遭殺害。以上就是警方的定論，沒有節外生枝的餘地。」

「您的意思是，只不過兩件事恰好都發生在二十一日的晚上？」

「不行嗎？」中原瞪了綸太郎一眼，極爲不快地說道，「有什麼不能成立的理由嗎？」

「若要這麼講，過路魔的理論也沒有根據。就證據薄弱這點而言，跟柊是犯人的理論相比，只是五十步笑百步吧？」

中原的臉色愈來愈難看。

「連你也支持西村的誤殺嗎？」

綸太郎雖然沒這個打算，但在經過剛剛這番交談後，他厭惡起眼前這個男人將自身認知強加於別人的威權式作法。因此，綸太郎實在沒辦法保證自己並未感情用事。

「爲什麼您要這麼敵視西村先生？」

「我沒有敵視他。」

中原從椅子上彈起，高高在上地俯視綸太郎。接著是一陣短暫的沉默，彷彿彼此的視線產生了強大斥力。

「你懂嗎？西村是殺人犯。」中原這麼說道。這回他的聲調顯然與之前有所不同。

「若要追根究柢，您沒對西村先生展現誠意，不也是造成柊伸之命案的原因之一嗎？」

「……那不過是藉口。」

「然而，實際上正是您不自然的態度令他起疑，才會招致這個不幸的結果。您眞能斷言自己毫無責任嗎？」

「你想說什麼？」中原的聲音裡帶有怒氣，「不要拖拖拉拉的，有話直說怎麼樣？」

「我就單刀直入地問了，不公開賴子小姐懷孕一事的眞正理由是什麼？」

「那是爲了保護死者的名譽，我對西村也是這麼解釋的。」

「這種解釋我無法接受。」

「那你倒是說說還有什麼理由！」

中原似乎到這時才發現自己並未坐在椅子上，這證明他的情緒比表面上還要激動。他的膝蓋有如生鏽的轉柄般僵硬，額頭上也冒出了斗大的汗珠。

綸太郎也抬起身子，讓自己的視線與中原等高。

「其實是齊明女學院施壓吧？就像西村先生在手記中寫的那樣。」

中原頓時說不出話來，像個弱點受創的拳擊手一般開始重心不穩。他先是兩頰上出現些許紅斑，接著整張臉都脹紅起來。他保持著半蹲的姿勢，緊抓著好不容易才找到的疑問。

「你究竟是哪一邊的人？」

「眞相那邊的人。」

中原眼裡的情緒產生裂痕。

他就像要壓抑從裂痕中噴出的東西般慢慢地反覆眨眼，彷彿每閉一次眼睛就能拉開跟綸太郎的距離一樣。

刑警轉身走向出口，他的步伐宛如在告訴自己，這是一場毫無意義的爭執。海報上臉色蒼白的少年，則以空洞的視線介入中原的背影與綸太郎之間，此處已經沒有任何話語存在的餘地。

刑警的身影消失後，綸太郎坐倒在椅子上。他完全沒有爭贏中原的滿足感。

眞相那邊的人？話一出口，他就後悔起自己的選擇。他完全忘了自己現在的立場與中原沒什麼兩樣。

綸太郎留意著旁人目光，離開房間。中原應該不是個傻子，沒把西村悠史的手記照單全收這點足以給予好評。然而，有某種東西妨礙中原進行正常思考，導致他無法以正確的角度看這個案子。

所謂的「某種東西」，是單純的先入爲主、刑警的面子，還是其他事物？綸太郎只希望那個「某種東西」別擋住自己接下來的路。

3

靠在櫃檯前柱子上的男人向綸太郎搭話。他是個戴著淡色眼鏡的微胖男人，一頭近似鬆脫毛線球的少年白頗爲顯眼。

「看樣子你跟中原那傢伙鬧翻了。他氣得七竅生煙，連我也跟著倒楣。」

他一身皺巴巴的襯衫搭上皺巴巴的夾克，似乎跟熨斗無緣；再加上那放肆的態度，立刻就能明白這人是媒體工作者。

「有何貴幹？」

「我是《週刊先驅》的富樫。」對方從牛仔褲後方的口袋掏出折起一角的名片，「法月先生，能不能借一步說話？」

綸太郎搖頭。

「很遺憾，我時間有限，接下來還有其他地方要跑。」

「我自認知道你要去什麼地方。要不要搭我的車？」他的鏡片之後露出耐人尋味的眼神。

這引起了綸太郎的好奇心，於是他接受了冨樫的邀約。另一方面也是因爲他的車恰好引擎出了點問題送修。

兩人走出建築，前往停車場。車子是亞麻色的豐田Sprinter。綸太郎關上副駕駛座的門後，冨樫便默默地把車開出去。

冨樫沿著國道朝荏田方向行駛，一路順暢，而他握住方向盤的手也沒有半分猶豫。看樣子他自稱知道綸太郎要往何處並非信口開河。

「我對這個案子很感興趣。」冨樫主動開口，「雖然已經能寫成大新聞，但背後似乎還有些文章。正當我爲此開始取材時，卻發現法月綸太郎突然出現在綠北署，於是我認爲這案子必定另有蹊蹺。」

「所以呢？」綸太郎冷淡地說道。

「你跟想撈到低俗醜聞的八卦記者不同，既然會特地跟這個案子扯上關係，應該是出於某種特殊理由或專業層面的好奇心。這也就表示，西村父女的案子很可能會有意料之外的新發展，我沒說錯吧？」

「新發展？」

「沒錯，我期望你能帶來不同於父親手記與警方見解的獨特觀點。」

「你太抬舉我了。」綸太郎打算以客套話敷衍過去，「我只不過是爲了替小說取材……」

冨樫搖搖頭。光的方向讓他左眼一帶產生了薄鏡片的陰影。

「裝傻也沒用。如果只是取材，你就不會跟中原起那麼大的衝突了吧？」

「那點往來可沒有大到足以稱爲衝突的程度。」

「說是這麼說，但你出來時表情也相當嚴肅。」

這人不著痕跡地把這些細節都收進了眼裡。

「有些意見上的落差就是了。」

「我倒想好好了解一下所謂的『有些落差』是差在哪裡。」

「情感上的不對盤而已。」綸太郎口氣平淡，試著不讓對方信以爲眞，「他硬是要別人接受過路魔的理論，讓我有些反彈。他似乎因此不太高興。」

「那就是你不對了，應付地方刑警得把姿勢放低一點。畢竟他們本來就很討厭外行人插嘴。」

綸太郎表示同意，接著問冨樫：

「你認識中原刑警嗎？」

「交情算不上好，但也不是完全陌生。這人雖然能幹，卻不怎麼懂得變通。」

「似乎不止是『不懂變通』。」

聽到綸太郎的嘀咕，依然看著前方的富樫左側嘴角露出令人在意的笑容。

「你神經繃得很緊嘛，想必還有其他地方起爭執吧。你是不是用寫在那份手記裡頭的理由指責中原？」

綸太郎沒有否認。

「你這人意外地亂來。」

「怎麼會，我只不過試探一下，是對方小題大作。」

「光是敢試探就很不簡單啦。」

富樫裝出大感意外的樣子。不過，看來他確實也覺得這件事很有趣。

「可是，從你的口氣聽來，簡直就像認爲西村悠史的復仇合情合理一樣。」

「我沒這麼說，只是主張這樣的可能性不見得是零。」

富樫的肩膀上下晃動。從幅度可知那並非因爲車子的震動，但他並未笑出聲。

「事情似乎有趣起來了。你的贊助者是齊明女學院吧？但你依舊宣稱自己中立。換言之，必要時就算得跟贊助者槓上，你也在所不惜。」

綸太郎揚起眉毛，斜眼瞪向富樫。

「原來如此，難怪安排得這麼周詳。」

「這話怎麼說？」

「你也太狡猾了，冨樫先生。你打從一開始就知道我會出現，才在綠北署埋伏。既然同樣是拿人手短，麻煩你老實說，究竟是誰指使你盯著我？」

「沒有人指使。」冨樫泰然自若地回答，眼睛並未離開擋風玻璃，「剛才也說過，我一開始就對西村賴子命案有興趣，所以每天都跑綠北署，會見到你只是偶然。」

「那麼，爲什麼你會知道我的贊助者是齊明女學院？我應該還沒將委託人的名字公開才對，知情的只有少數關係人士。」

「你或許以爲這樣就佔了上風，遺憾的是我沒打算低頭。」冨樫就像在嚼口香糖一般斷斷續續說道，「你以爲沒人察覺是齊明女學院找上你嗎？如果是這樣，那你還眞是樂觀到了極點。」

「這話什麼意思？」

「這狀況不是一目了然嗎？需要你插手的人，必然對當前狀況不滿，希望有所改變，除了齊明女學院以外不作他想。這點小事不用聽人家說也猜得到。」

「乍聽之下很合理，不過無法解釋你爲何知道我接下來的目的地。」

「你比傳聞中更像個懷疑論者。」冨樫裝模作樣地縮了縮頭，「身爲一個記者，多少會動點腦。先找上負責的刑警打聽案情概要，接著拜訪當事人。這種想法有那麼突兀嗎？」

綸太郎轉過身子，盯著冨樫的側臉。雖然無法從這人的表情判斷其話語的眞假，但在這個狀況下實在無法不令人起疑。

聽到綸太郎以明擺著不信的口吻回應，冨樫咧嘴一笑。這笑容顯得有些彆扭，彷彿要把自己剛才所說的一筆勾銷。只不過，綸太郎不清楚這人是否刻意這麼做。

「……我明白了。」

冨樫什麼也沒說，將目光轉回擋風玻璃，重新專注於前方的車流。綸太郎則動手調整車內空調的出風口，感受涼意。外頭是晴朗無風的好天氣。

汽車從標示著「新石川入口」的地點離開國道，北上鑽過東名高速公路底下，穿過小學校地旁邊。落在操場上的校舍陰影，留住了非常清晰的一整片八月之黑。

冨樫突然重啓對話，或許是不喜歡安靜地跟男人共乘一輛車吧。

「你跟齊明女學院的理事長談過了嗎？」

「還沒。」

「打算什麼時候去？」

「近期內對方會主動聯繫吧。」

其實綸太郎跟對方約了三點碰面，只是故意不講。冨樫多半是在裝傻，而且就算他眞的不知道也無妨，這種事沒必要特別講出來。綸太郎將出風口調回去，邊詢問理事長是位怎樣的女性。

「了不起的女中豪傑。」冨樫噘起嘴吐了口氣，「簡單地說，水澤惠里子就像這地區上流婦人會的總帥。她成爲縣文教委員會特別委員已有十年，全國女子教育問題聯絡會議的副議長也擔任了兩期，除此之外的頭銜不勝枚舉。她比一些三流的政治家和評論家來得有人望，說話也很有份量。」

「她是個能夠帶領潮流的人？」

「這麼想就對了。不過她的人望與權威，說穿了都是因爲擔任齊明女學院理事長而來。所以，這個案子不止會影響學校，她個人的公眾形象也會大受打擊。」

冨樫意味深長地停了下來，讓人感覺還有弦外之音。綸太郎想起昨晚法月警視說過的話，於是兜了個圈釣冨樫。

「意思是，有人樂於見到這種發展？」

「這種人倒也不是想不出來，只不過一解釋起來可就複雜了。」

「怎麼說？」

「這消息聽起來不怎麼可靠就是。」冨樫拿這句話當開場白，一副自己也不相信這種謠言的口吻。

然而，這種態度最需要提防。打定主意要洗腦他人的傢伙，反而不會用認眞的口氣說話。

「你知道理事長的哥哥是眾議院議員吧？他是這個選區出身，但據說他的票有很大一部分來自都市區的婦女。知道這代表什麼意思嗎？」

「你是指妹妹的名字替水澤議員拉了不少票吧。」

「沒錯。話說回來，雖然這個選區所有議員中，含他在內保守黨一共佔了兩席，但另一位叫油谷的資深議員和他可說是水火不容……不，應該說兩人的關係正如其名，就像水跟油一樣。」

「明明是同一個黨的戰友還這樣？」

「雙方的對立起於中央的派閥鬥爭，積怨很深。詳情暫且不提，不過上次選舉時縣黨部曾因此一分爲二，自己人跟自己人打起泥巴戰。雙方只因爲地盤部分重疊，就使出各種骯髒的手段互扯後腿。

最後雖然兩人都當選，油谷議員卻失去了許多票，很丟臉地只以數千票之差險險保住席位。其中最大的原因，就是油谷的女性問題浮上檯面。」

「女性問題？」

「公告日前夕冒出大量詭異的傳單，多半是水澤後援會幹的好事。雖然只是微不足道的情婦騷動，跟水澤議員之妹關係密切的婦女團體卻拿來大做文章。到最後，油谷陣營光顧著搓掉醜聞就忙不過來了，根本沒空打選戰。因此就有謠言說，懷恨在心的油谷已經開始爲下次選舉進行雪恥的準備。」

綸太郎露出「這我倒是沒想過」的眼神。當然，他根本沒必要去想。

「意思是，油谷議員爲了打擊齊明女學院與理事長的形象，在這件案子的背後牽線？」

「沒錯。只要妹妹的評價下滑，哥哥在這次選舉的得票數當然也會下跌。這招就叫以眼還眼，以醜聞還醜聞。」

「這種看法未免太陰謀論了吧？下次選舉還早得很。」

「選舉只剩半年了。」冨樫強調，「現在已經到了每個陣營都會有所行動的時期。而且，我認爲齊明女學院的醜聞對油谷而言不過是場前哨戰，他只是先從弱點下手罷了。」

「可是，這個案子哪有容許這種解釋的餘地？兩件命案都沒有半點政治色彩，父親的行動又是出於個人的復仇心理。唯一的可能性，就是西村賴子事件背後有油谷支持者操盤，但根本不可能。」

冨樫撇下嘴唇。

「那當然，就算是爲了選舉也不可能若無其事地殺人吧。我所想的理由更加微妙。」

「我猜不到。」

「有件事你不知道，西村悠史的高中同學在油谷麾下擔任宣傳總召。這個廣告業出身的男人姓高橋，是個相當能幹的人物。會不會是這人對西村多說了什麼有關死去女兒的話呢？」

「這怎麼可能。」

綸太郎睜大了眼。他知道冨樫想說什麼，但這也未免太刻意了。

「還沒有證據啦。」富樫一副沒留意副駕駛座反應的樣子說下去，「不過，我倒認爲這個劇本並非毫無可能。」

明明一開始說消息不可靠，講述起來卻頗爲熱心，甚至可說是熱心過頭。先不管剛剛那些話是眞是假，至少不能輕信富樫這個人。正如綸太郎一開始所料，富樫跟齊明女學院有關。

富樫突然沉默下來。大概是綸太郎沒反駁，讓人以爲他接受了這種說法，再不然就是準備好的台詞全講完了。不過，這回的沉默同樣沒持續多久，行道樹的盡頭出現了一塊寫著「大坪綜合醫院」的看板。

4

進入醫院用地後，富樫一句話也沒說就把車駛進停車場。停車位幾乎都已停滿，不過，他看準醫療器材廠商的麵包車開走後的空位，將Sprinter停了進去並熄火。

「你打算跟進病房？」綸太郎出言諷刺，「我還以爲你只是親切地送我來這裡。」

富樫解開安全帶，放鬆身體。不過車鑰匙依舊插著。

「我待在這裡。昨天我本來想摸進病房，但是被抓到了。我可不想讓人修理第二次。」

「既然如此，在門口放我下車不就好了。」

「這麼一來你就沒車回去了吧？」富樫抬起下巴示意，「我這是出於好心，不用在意。只要說個地方，我就會把你送過去。」

「或許會花上不少時間喔？」

富樫露出自以爲是的笑容。

「我早就習慣等待了。」

「那請慢慢等。」

綸太郎自行下車。儘管他覺得富樫很多事，但他也知道那人就算講明了也不會輕易打退堂鼓。畢竟彼此都在試探對方底細，老實的那邊就會落於下風。車門關上後，富樫便從後座拿了本填字遊戲雜誌研究起來。

綸太郎離開車，走向內部挑高的入口大廳。除了某處傳來的蟬鳴外，整個空間就像按下靜音鍵一般安靜。現在十一點，太陽還未到頂。陽光雖然強，氣溫卻也沒高到會讓人滿身大汗。

一推開玻璃門入內，視野瞬間像蒙上層紗似地暗了下來。他走了兩三步，發現腳下是與富樫那輛車同色的亞麻地板。

大廳裡人影稀疏，幾乎都是衣衫不整的老人，但其中有個只穿了內衣的女子孤伶伶蹲在地上，抬頭盯著綸太郎，而附近沒有看到任何像是她母親的身影。

綸太郎向服務台表明身分，詢問西村悠史的病房。

「一號住院大樓二樓的二十六號房。」值班護士的視線離開住院名簿，「沿著地板上的綠色箭頭走就能找到。」

「謝謝。」綸太郎邁步離去。

一號住院大樓的走廊夾在兩側的房門隊伍之間，筆直向前延伸。日光燈照在灰泥牆上，室內景象好似漂白的夜色，落在亞麻地板上的陰影更有如深海魚般搖擺。至於醫院的氣味，則在寂靜的空氣中纏著嗅覺不放。

綸太郎在習慣這股氣味前抵達了二十六號房，門口標示著「加護病房」。

一名陰沉的年輕男人坐在門旁的長凳上。身穿便服的他蹺著腳，稍微扭過身子讓側頭部靠著後方的牆壁。男人聽到綸太郎的腳步聲，緩緩睜開了原先閉上的眼睛。

「有什麼事？」他傲慢地問道。

看樣子是負責監視的刑警。

「西村教授的病房是這裡吧？」

「沒錯。你可沒辦法和他說話喔，他還沒清醒。」

「我知道。」

「有何貴幹？」

綸太郎報上自己的名字與來意。

「哈。」刑警說道，「有人跟我提過你的事了。」

這時，或許是外頭的交談聲傳了進去吧，病房的門開了，一名男人探出頭。這人膚色偏白，鼻梁頗高，一頭柔順的髮絲中分，穿著短袖格子襯衫加棉褲，是名眼神溫柔的青年。

「請問哪位？」

「敝姓法月，接受警方以外的人委託，以非官方身分調查西村賴子小姐的案子。」

幸好對方一聽到名字就反應過來。

「您該不會就是推理作家法月綸太郎先生？」

「是的。」

「大名如雷貫耳。」

這句話說完後出現了短暫的沉默。青年轉頭望向房內，但從綸太郎的角度無法判斷他往哪兒看。重新面向綸太郎時，青年臉上浮現微妙的表情。

「要進去嗎？」

他猶豫一會兒後這麼問道。綸太郎頷首，看向長凳上的刑警徵求許可。刑警的頭離開牆壁，一副嫌麻煩的口氣說道：

「這樣能降低腦袋的溫度，很涼快。」接著他一臉無趣地哼了一聲，「我剛剛不是說『有人跟我提過你的事了』嗎？」

刑警再度靠上牆，閉起眼睛。綸太郎聳聳肩，踏入病房。

這是間冷清的單人房，裡頭有張靠窗擺放的床，床頭的百葉窗已拉下。床上躺著一個四十來歲的男人，正是西村悠史。

點滴與人工氣道分別以ＯＫ繃固定在露出的手臂與鼻子上。之所以固定住患者上半身，想來是爲了避免患者亂動導致管子脫落吧。被子底下伸出了好幾根電線，接在床側面的螢幕上。

西村的臉色不佳，但以一個前天才服毒的男人而言算很好了。那頭茂密的黑髮，有種突兀的感覺。他雙眼緊閉，綸太郎無法目睹手記中描述的那對紅茶色瞳眸。

「似乎還會昏睡好幾天。」青年小聲解釋，「這是中毒休克導致的暫時性意識障礙，醫生說不必擔心。」

說話者的臉色倒是累得像個病人，大概是看護患者的初期症狀吧。他想起自己還沒報上名字，趕緊補一句：

「我是高田滿宏，在教授的研究室擔任助手。」

坐在床邊椅子上看著患者睡臉的女子，聽到談話聲後轉過頭來。她的年紀與西村相仿，剪了一頭只到頸部的整齊短髮，穿著船領針織衫與淺褐色長褲。

女子起身走向兩人。她舉手投足有如寶塚歌劇團飾演男角的演員那般充滿律動，鮮明的五官更加強了這種印象，年輕時多半是個吸引眾人目光的美女。即使現在青春漸逝，依舊能感受到昔日風采。不過，她也跟高田一樣，難掩疲憊之色。

綸太郎轉向她問：

「妳是矢島邦子小姐吧？」

「你是誰？」她的聲音聽來大膽、尖銳，「看起來不像刑警。」

「敝姓法月，目前基於私人理由調查賴子小姐的案子。」

女子毫無顧忌地打量起綸太郎。

「……如果你是新聞媒體的人，最好趁著被趕出去以前自行離開。」

在綸太郎回答前，高田搶先揮著手介入兩人之間。

「不是的，矢島小姐。法月先生是有名的推理作家，還曾經解決實際發生的案件。把他跟昨天那個男人混爲一談就太失禮了。」

昨天那個男人大概是指冨樫吧，難怪他沒跟來。

綸太郎姑且點頭，表示高田的解說無誤，不過矢島邦子的眼神依舊險惡。高田不由得回望綸太郎一眼，洩氣地退了一步。

「我知道你的來歷了。」這回女子的話聲中夾帶了露骨的輕蔑，「不過，所謂的『私人理由』只是個幌子吧？八成是齊明女學院派來的間諜，對不對？」

綸太郎正想問她爲什麼知道，但在出口前想起了冨樫的話。

矢島邦子不可能跟齊明女學院串通，顯然是當場看出來的。正如冨樫所言，根本是

「一目了然」。綸太郎這才重新認清自己的立場有多麼不自由，不禁啞口無言。

「看吧。」邦子痛罵眼前的不速之客，「沉默等於認帳。學校的走狗沒資格待在這裡，快給我滾出去。」

「慢著，妳誤會了。」

「說什麼蠢話。」她彷彿要趕人似地逼近綸太郎。

「請聽我解釋。確實如妳所言，我來這裡是齊明女學院的安排。不過除了答應參與這個案子之外，我也有自己的考量。」

「你到底在打什麼主意？」

綸太郎盯著邦子的眼睛。明明遭對方不留情面地責罵，他卻不知爲何不想對眼前的女子生氣，甚至因爲無法讓對方了解自己的本意而感到焦躁。聽起來很奇妙，但他似乎隱約對比自己年長十五歲有餘的毒舌女產生了好感。

「齊明女學院的想法與我無關，我只想了解這個案子的眞相。別人怎麼想我不管，但我打算保持完全的公正與中立。」

「自我吹捧就免了。公正中立的眞相倒還趕得上，因爲他老早就把眞相公諸於世了。」說著，她同情地看向病床上的男人，「只不過賭上了自己的命。」

「妳敢保證他的『眞相』絕對沒有錯嗎？」

「我敢保證。」

「妳還是收回這句話比較好。」綸太郎覺得自己的聲音中似乎帶了點火氣，「我在他留下的手記裡發現了疑點。」

「別這樣，本人在這裡。」邦子嚴聲斥責，「你是爲了自我宣傳才跑到這種地方來嗎？你現在就跟新興宗教的傳教士沒兩樣，只是利用三寸不爛之舌把自己的眞實強迫推銷給別人而已。」

這番非難雖然毫無道理，卻觸及了綸太郎心中的疙瘩。他無法挺起胸膛反駁，只能等待對方的怒氣因自身重量落入沉默深淵。

邦子看見綸太郎的遲疑後，似乎也認爲自己說得太過火，態度迅速和緩下來。

「……你看起來不像壞人，似乎是我太急躁了。把你當成學校間諜這點我道歉。」

當然，這並非完全接受綸太郎的口氣，明顯只是暫時妥協。不過，單單這樣就是很大的讓步了。

她坐回床邊，整理起看不見的床單縐褶；高田則從病房角落搬來一張樸素的圓椅給訪客。

綸太郎一坐下，矢島邦子便開口問他：

「你到底爲何而來？你至少該曉得他還沒清醒吧？」

「其實是來找妳的，我想來這裡應該就能見到面。」

「找我？」她吃了一驚。

「能不能請妳談談西村先生的家庭？有些事情光閱讀他的手記實在弄不清楚。」

「那你該找西村太太或森村小姐。」

這話感覺只是隨口敷衍，聽起來沒什麼自信。

「不。一來不能期待夫人以客觀的角度陳述，二來看護多半不會曉得以前的事。聽說妳從高中時代起就與西村夫婦交情甚篤，若要找個長年與他們來往又能站在旁觀者立場的人，沒有比妳更適合的人選。」

「不過，聽這種家族軼事對了解案情有任何幫助嗎？」

「這得聽了才曉得，不過想必有助於理解西村先生吧。實際上，既然他的手記裡大部分是有關家人的記述，就表示不能輕忽這部分。

對我這種局外人而言，最在意的就是光讀手記無法明白的家庭內情。我認爲得將焦點放在這些事情上，優先了解西村夫婦與賴子小姐之間的家族史；在不明白背景的情況下評斷這份手記，只會變成空洞無物的議論。我的看法有錯嗎，矢島小姐？」

她認眞地斟酌起綸太郎的提議。只是不曉得爲什麼，她愈是思考，臉上的陰霾就愈爲濃厚。

「具體來說，你想知道些什麼？」

「如果妳能告訴我兩人結婚的經過、賴子小姐年幼時的樣子，以及森村小姐這位看護爲人如何之類的事，那就太好了。就算沒辦法提這些，我也希望妳能談談十四年前那場讓西村太太受重傷的意外，以及某件與手記無關的事——高橋這個高中時代的朋友。我無論如何都想了解這兩件事。」

矢島邦子登時臉色一變，彷彿有什麼不願回首的過去籠罩了她的心。這不是什麼好預兆。她再度開口時，已恢復拒人於千里之外的態度。

「我拒絕。」

「我說了什麼不該說的話嗎？」綸太郎問道。這是個很狡猾的問法，他知道自己的話已在對方心中灑下懷疑的種子。

「請回，這裡不是你這種人該來的地方。」

矢島邦子拚了命地撐著，想藉此證明自己的忠心。對象是床上那名男人嗎？

「矢島小姐。」原先跟兩人保持距離、屏息旁觀的高田，總算開了口，「不要這樣，聽聽看他還想說些什麼吧。」

「不行。」她斬釘截鐵地說道，「這男人是齊明女學院的手下，他只是要灌輸我們一些無聊的妄想。」

邦子倏然起身，越過綸太郎面前走到門口。接著，她用力打開房門，揮手趕人。

「請，快走吧。」

綸太郎選擇乖乖聽話。

「今天我就先行告辭，不過應該很快會再來打擾。」

對方冷哼一聲，看起來是在逞強。走出房門後，綸太郎補上一句話：

「我沒有灌輸任何東西給妳，它們原本就在妳心裡。」

門重重關上。

「很凶悍的女人，對吧？」剛才的刑警見狀，徵求綸太郎同意似地問道。從說話的口氣聽來，他想必也覺得矢島邦子相當棘手。

「她是個烈女啊。」

「烈女？」刑警納悶地偏著頭，「這什麼意思？」

5

綸太郎將陷入沉思的刑警留在原處，逆著綠色箭頭前進，醫院的氣味彷彿與他融爲一體。然而，他走沒多遠，就聽到開門聲與奔來的腳步聲。

「法月先生。」

他停步回頭，發現高田追了過來，於是若無其事地詢問怎麼了。

「弄得像把您趕出去一樣，眞是抱歉。」高田突然雙腳併攏一鞠躬，「矢島小姐沒有惡意，只是這回的騷動讓她有些慌亂，所以態度差了點，其實她是個非常率直的好人。如果她冒犯到您，我在這裡代爲謝罪。」

「沒什麼。」綸太郎見對方又要低頭，揮手制止，「不用在意。」

「太好了。」

肩膀劇烈起伏的高田喘著氣。一會兒後他的表情僵硬起來，彷彿肩膀突然碰到什麼東西似地瞄向牆壁，裝出一副要整理衣領和扣鈕釦的樣子。綸太郎見狀，出言催促：

「你有什麼話想對我說吧？」

「是的。」高田點點頭。隔了約兩次呼吸的時間，他才把眼神拉回綸太郎身上開始說明，「剛才您說在教授的手記中發現了疑點，對吧？」

「嗯，我確實是這麼說沒錯。」

「其實，我也對手記中的某處有點在意。呃，不是什麼很嚴重的問題啦。」

高田雖然說不嚴重，口氣卻十分認眞。綸太郎靜待他說下去，卻沒等到半個字。他是單純出於愼重，還是想用這種態度摸清自己的底細？會這樣懷疑就是神經過敏的證據，但保險起見，綸太郎決定試探一下高田。

「……我在大前天的文章中，曾試著對這個理所當然的疑問提出一項有力的假設。」

他一引用部分手記內容，高田眼中便亮起了信賴的光芒。

「果然沒錯，您也注意到了嗎？」

綸太郎頷首，這人合格了。於是，他問對方是否能撥點時間談談。

「現在沒辦法。」高田遺憾地搖頭，「我很擔心矢島小姐。別看她那樣，她從昨天起就沒闔過眼。」

「等你有空的時候就行了。」

「這個嘛……」

高田的臉色突然暗了下來。他的目光確實對著綸太郎，但映在眼裡的影子顯得頗爲空洞，彷彿兩人之間隔了一面看不見的凹透鏡一樣。模糊的預感在他心中起了衝突，並且化成猶豫浮出表面。

「不勉強。」綸太郎說道，「如果你不願意透露，不說也無妨。」

「不，我不是這個意思。」

青年慌張地否認，看起來就像要用這句話趕走腦中的恐怖思緒。或許是奏效了吧，他的表情嚴肅起來，接著以誠摯的聲音補充說明道：

「方便的話，希望您能等到明天。一方面也是因爲我想整理一下思緒。」

綸太郎以眼神表示同意。

「白天有學會誌的編輯會議，我想開完會後應該就有空了。」

「編輯會議？在這種時候舉行？」

「是的。其實我也想請假，但教授是發起人，如果我不代替他露面，會給其他人添麻煩。如果知道會議因爲我告假而流會，教授也不會高興吧。」

照這口氣看來，他似乎相信用心處理日常瑣事能夠中和事態的異常。確實，以目前這種充滿變數的狀況來說，或許他的態度才正確。

「會議大約幾點結束？」

「大概會到四點吧。」

「那就留點緩衝，我們約五點見面吧。」

兩人講好碰頭地點，就這麼結束了對話。

綸太郎看著高田快步走回病房。高田心中應該也冒出了微小的懷疑嫩芽，但從那遠去的背影來看，他似乎還不曉得這點疑心會結出怎樣的果實。知道答案後，他是否也會像矢島邦子那樣守口如瓶呢？綸太郎突然有這種感覺。

綸太郎叫住在走廊上擦身而過的護士，詢問西村悠史的主治醫師是誰。對方說出吉岡這個姓氏，並描述了醫師的特徵。據說那人的額頭長得像舒芙蕾，此時似乎在內科辦公室。綸太郎又問辦公室在哪裡，護士微笑指著地上的銀色箭頭。

正如護士所言，吉岡醫師在辦公室。原來如此，那理性的白額頭確實容易讓人留下印象。年近四十的醫師跟預期中不同，似乎是個十分友善的男人，聽到綸太郎說想聊聊加護病房的患者時，不但爽快答應，還順便邀綸太郎到醫院餐廳共進午餐。

餐廳有一整面玻璃窗，中庭草皮的反光從該處射入室內。綸太郎在醫師的推薦下點了漢堡排套餐，接過拖盤後，便開始尋找空位。雖然正逢人多的時候，但兩人還是找到了面對面的位置坐下。

「二十六號房的患者是指西村悠史吧。」吉岡醫師一派自然，「他是前天晚上被送進急診中心，而我那天正好值班。他進急診室的時候處於重度昏迷狀態，情況非常危險。別說意識了，連對光線的反應都沒有。」

「當時離他服毒大約過了多久？」

「將近兩小時。總之，我先替他裝上呼吸器，接著洗胃，盡可能阻止身體吸收，將毒物排出體外。治療急性中毒，端看能否迅速確定毒物成分，他的狀況該說非常幸運吧。」

「此話怎講？」

「發現者有急救與看護的知識，當場確定患者同時服用抗憂鬱劑與酒精，並向急救人員報告，也因此得以早期進行適當的處理。」

吉岡說話時，手中刀叉也沒閒著，彷彿邊嚼紋肉邊談患者的事，就等於迅速而確實的手術處理一樣。他的姿態確實也算得上優雅。

「現在西村先生的狀況如何？」

「恢復得很順利，今天早上已經對疼痛刺激產生反射作用了，大概明天就能恢復意識吧。」

「我聽警察說還要花上三、四天。」

「那是講法的差異。」吉岡將水煮蔬菜推到盤邊後，注意到綸太郎的目光，於是補充說明：「我雖然一天到晚叮嚀患者別偏食、要吃黃綠色蔬菜，但我實在拿豌豆沒辦法。」

綸太郎頷首，催促他說下去。

「所謂講法的差異是指？」

「我們在提到昏迷狀態時，會依嚴重程度區分爲四個等級，從復甦到神智清醒之間也有好幾個階段。而對於他這種企圖自殺的患者，必須將心理治療考慮進去。我所謂的明天，是指他能自然睜開眼睛的時間，要恢復到能讓警方偵訊的程度還得再花上兩三天。」

「恢復意識後，他有沒有再度自殺的可能？」

「這個問題不屬於我的專業領域，所以沒辦法保證，但我認爲很有可能。恢復期的心理治療，最大目的就是防止患者再度自殺。之所以告訴警方恢復意識需要三四天，其實就是考慮到了這點。」

提到「警方」這個詞時，醫師總會皺起眉頭，大概有什麼特殊涵意吧。或許他們曾提出與患者利益衝突的要求。

吉岡以叉子靈巧地撈起盤邊剩下的最後一粒米飯送進口中。接著，他向綸太郎知會了一聲後離座，從咖啡壺那兒拿了兩個紙杯回來。

「若不介意是黑咖啡，請用。」

「謝謝。」

「還有問題嗎？」吉岡啜飲著咖啡邊問，「我差不多該回去工作了。」

「那麼，我想請教最後一件事，不過，回答時麻煩當成一個假設性的問題。患者有沒有可能是假自殺？」

吉岡睜大眼睛，卻沒顯得特別驚訝。他咧嘴一笑：

「其實，這才是你眞正想問的吧？」

綸太郎頷首。吉岡放下咖啡，十指交握。

「即使同樣稱爲『假自殺』，也會依當事人有無明確造假意圖而有所區別。沒有明確意圖的情況屬於精神科的範圍，我無法判斷。你問的應該是有明確意圖的情況，也就是他有沒有可能刻意表演一場自殺未遂的戲碼，對吧？」

「沒錯。」

「若是這樣，我會告訴你『不可能』。」吉岡醫師說得斬釘截鐵，一臉認眞。「正如我一開始說的，當時他的情況非常危險。同時服用藥物與酒精會讓死亡率倍增，如果發現得遲一點或許就來不及了。要是沒打算死應該不會配酒，單純服藥就足夠製造效果。」

「原來如此。」

「此外還有一點，我聽說能及早發現也是出於近似僥倖的偶然。將這些事放在一起考慮，事先預期能獲救而假自殺的可能性幾乎是零。

不管怎麼樣，如果是意圖自殺未遂，進急診室後我一眼就看得出來。這種患者我碰多了，就算沒有意識也猜得到。這算是臨床的直覺，不過這個案例我沒有類似的感覺，換言之，西村悠史的自殺是貨眞價實。這樣解釋你能接受嗎？」

「非常清楚。」

「不過，爲什麼你會在意這種事？」醫師問道。

「我是個什麼事都得先懷疑一次才放心的人。」綸太郎說完，又帶著苦笑補充：「剛剛的問題請當我沒問，有群土狼般的傢伙正等著我說錯話。」

吉岡點點頭，作勢拉起嘴上的隱形拉鍊，動作正好跟替屍袋封口沒兩樣。

與醫師分別後，綸太郎走回大廳。他找了台能插卡的公用電話撥打西村家的號碼，沒多久就響起了一道女聲。

綸太郎報名字與目的，詢問現在是否方便前往拜訪。

「請稍候。」

話聲聽起來相當壓抑。聽筒傳來遠去的腳步聲，接著安靜了好一會兒。

綸太郎老實表明身分，頗擔心會像剛才遇到矢島邦子那樣，遭到無情的拒絕。然而，他不能隱瞞眞面目跟西村海繪見面，這是最起碼的原則。

聽筒響起同樣的女的聲音。

「太太說沒關係。」綸太郎雖然有遭到拒絕的覺悟，但並未感到意外。「知道這裡怎麼走嗎？」

「知道。那麼，我大約二十分鐘後會到訪。」

掛掉電話後，綸太郎突然想起一件小事。剛才電話中那人，是不是手記裡的森村妙子？雖然不作第二人想，不過她的話聲遠比預期中來得年輕許多。

綸太郎打算走向門口，卻想起了富樫。那人應該在停車場盯著他何時出來。於是，他毫不猶豫地轉過身，從大廳走回住院大樓。

前往餐廳的走廊上，有個通往中庭的門。出去後穿越草皮、繞過兒童醫療大樓，便抵達像後門的地方。警衛室有人，但對方並未多看綸太郎一眼。於是，綸太郎默默從他面前通過，內心暗自慶幸。

既然富樫宣稱習慣等待，就讓他等久一點吧。綸太郎走到大路上招輛計程車，將西村悠史住處的地址告訴司機。

6

西村悠史的家，位在市區北部閑靜的高級住宅區一角。

這裡的屋子大多在周圍鋪上砂石，並以深綠色庭木遮擋外界的視線。在這些顯眼的封閉式庭園中，唯有西村家獨樹一格。以低矮白木圍出的庭園裡只有花壇與盆栽，散發明朗而開放的氣氛。

或許是家中有病人，看得出屋主努力避免陰暗痕跡。不過，最近這十天似乎沒人負責打理，夏季雜草叢生。

種在庭園中的大波斯菊，在午後的陽光下顯得格外有生氣。秋天一起綻放時，想必會構成一幅美妙的景致吧。然而，綸太郎很懷疑屆時看見美景的人是否還能感到喜悅。

他在門前按響門鈴，一名未滿三十的女子隨即現身。

「您就是法月先生吧，我們已恭候多時。」

這就是先前接電話那名女子。她身穿平整的棉質上衣與帶有細褶的淡紫色裙子，低調的五官蘊含了自然之美。

「冒昧打擾，請問妳就是森村妙子小姐嗎？」

「是的。太太房間往這邊走，請。」妙子轉過身，因此能看見她束在頸後的黑色長髮。

綸太郎頗爲意外。像這樣實際見到本人，才發現對方與手記中那個「森村小姐」的形象差異相當大，他原以爲對方像老練的護士長。

「妳來西村家工作多久了？」綸太郎換上對方遞來的拖鞋，邊詢問森村妙子。

「三年又兩個月。」

「也就是說，妳幾乎跟他們家的人沒兩樣。」

「是呀，或許該說像媳婦吧？」她開玩笑似地說道，不過，這個玩笑只有她自己笑得出來。

西村海繪的寢室約有五坪大，是個日照充足的西式房間，內部爲了病人方便，進行過大大小小的改裝。西側牆壁空一塊，大概是要擺收納式浴盆。

這裡跟此刻關著她丈夫的房間有著天壤之別。只是，不管準備多少最新式的用品，尋常人恐怕還是無法忍受在這種小空間裡關上十四年。

綸太郎進房時，海繪夫人心不在焉地看著拉到床上的文書處理器螢幕。爲了撐起患者上半身，那張床在她的腰部一帶彎成了く字，看來夫人無法自力撐起身體。

夫人注意到客人的身影，於是摸索著手邊的操控面板。平緩的馬達聲響起，文書處理器從夫人面前滑開。看來，那張床還有許多其他的高科技功能。

「請繼續，不必在意我。」綸太郎說道。

夫人靜靜搖頭。

「沒關係，我其實沒打算工作。」深切的自省背後，能感受到她受傷的靈魂。「請坐。」

綸太郎坐到夫人示意的椅子上，自然地打量起對方。西村海繪的容貌沉著高雅，眉形與眼神展現出內在的堅強意志。十四年來的幽閉歲月似乎並未奪去這股堅定之美，如今她的表情依舊具備了誘惑人心的力量。

她晶瑩白晰的臉頰染上了薄紅，帶有光澤的秀髮構成了優雅的波浪。可是，感覺上西村海繪並未因突然的訪客妝扮自己，這大概是她平常的樣子。

「你就是法月先生吧。」

「在這種時候突然前來打擾，實在萬分抱歉。我也覺得這樣不合常理，但最後依舊認爲事不宜遲。」

「請別介意。」夫人邊調整床的角度邊說道，「我聽到外子企圖自殺時極度震驚，甚至考慮隨他而去。但他獲救了。只要他還活著，對我來說就已足夠。」

「可是，西村先生現在的立場非常糟糕。」

「我明白，他把自己逼得太緊了。這回輪到我振作了，不能哭哭啼啼。」

西村海繪遠比表面上堅強，綸太郎心想。或許長年與沒有恢復希望的重症搏鬥，會讓人產生某種韌性。

森村妙子彷彿要打破沉默似地走進房間，還推了一台放著冰涼麥茶的餐車進來。夫人說了聲「謝謝」後，從妙子手裡接過杯子放到床頭櫃上。兩人的舉動雖然沒什麼特別，卻看得出她們十分熟悉彼此。

妙子鞠了個躬，隨即從兩人面前退開。門關上後，夫人再度開口。

「我會立刻答應和你見面，你是不是覺得很不可思議？」

綸太郎老實地點頭。

「你跟我想的一樣，相當正直。」

「這是什麼意思？」

「我聽過你的大名。整天待在床上很無聊，爲了打發時間，我讀了不少推理小說。」

「那麼，您也讀過我的書嘍？」

夫人點點頭。

「你還年輕，沒辦法對自己說謊，對吧？我有這種感覺。如果我沒看錯，你除了是推理作家，更是値得信賴的人。所以，我認爲可以安心將外子與小女的事告訴你。」

對方彷彿看穿了自己的底細，綸太郎頓時手足無措，坐立難安。這種感覺雖然沒多久便消失無蹤，卻留下了奇妙的餘韻。

西村海繪對他人的「內在」極爲敏感，或許是身體上的不自由磨練了她這方面的感官吧。這人確實不好應付，但綸太郎還是得完成來此處的目的，也就是「以問題釣出答案」。

「您讀過西村先生的手記了嗎？」

「當然。」夫人驕傲地回答，「畢竟那是爲我而寫的。」

「您讀完後有什麼感想？」

「非常震驚。」

她只說了這幾個字。綸太郎原本要等她說下去，卻發現沒有後續，不得不重新發問。

「這個問題或許會有點冒犯，還請見諒。您在閱讀那份手記的時候，是否有過難以置信的感覺？」

「當然難以置信。如果辦得到，我甚至希望寫在那份手記裡的一切全是胡說八道。」

這是在模糊焦點。

「那麼，在具體的記述中，有任何明顯是西村先生扭曲事實的部分嗎？」

「豈有此理，絕對不可能。外子是爲了我才把這一切全寫下來，而且也有了捨命的覺悟，不可能有什麼非得隱瞞的事，應該沒有寫下謊言的必要。」

「可是，警方正在研判西村先生找錯復仇對象的可能性。」

「這太愚蠢了。」她別過目光，表示不打算繼續回答這個問題。

綸太郎換了個話題。

「接著，我想請教關於令千金的事。您完全沒發現賴子小姐懷孕嗎？」

夫人哀傷地搖頭。

「我沒注意到賴子身體的變化，只覺得她似乎胖了點，沒想到她居然懷有四個月的身孕。」

綸太郎心想，原來「母親必定會注意到子女的變化」只是謠言，但他並未把這個念頭說出口。或許在床上度過的漫長歲月，導致她變得漠視別人的肉體，用這件事指責她未免太過殘酷。

「您對賴子小姐的行爲怎麼想？也像西村先生一樣覺得遭到背叛嗎？」

「賴子確實太過輕率，但這件事不能只怪她。追根究柢，讓她念那所學校就是個錯誤。我們明明是爲了避免這種事，才選擇齊明女學院這所名校啊。」

「您對柊這個教師有何看法？」

「我恨他。這人不但哄騙我女兒，還讓那孩子……」夫人說到一半便無以爲繼，「總之，那個男人糟蹋了我們的幸福，我對於他的死沒有半點同情。外子的所作所爲沒錯，將外子當成罪犯才叫做有問題。」

「如果殺害賴子小姐的兇手不是柊呢？」

「這種假設毫無意義。」

夫人斬釘截鐵地回答完便緊閉雙唇。綸太郎再次有種碰壁的感覺，他認爲似乎有必要從其他角度下刀。

「對於西村先生試圖拋下您自殺一事，您如何面對？」

「很像他的作風。」夫人看起來絲毫不受影響，「自己背負一切走向窄門。如果立場交換，我應該也會做出一樣的事吧，我完全能體會他的心情。」

「您恨他嗎？」

「怎麼可能。我愛他，這份感情縱然海枯石爛也不會改變，畢竟我只剩下他了。」夫人說得像十五歲少女般直接。這些話語聽起來偏離現實甚遠，或許這並非她的全部。

「也就是說，他的行爲應該得到寬恕嘍？」

綸太郎故意使用手記中的詞。夫人可能注意到了這點，目光微微有些晃動。

「當然。」

「但您不會嫉妒賴子小姐嗎？西村先生可是拋下了您，打算爲賴子小姐犧牲呢。」

「你完全不明白。」她就像個爲笨拙學生煩心的老師，「比較根本毫無意義。打從我變成這樣之後，賴子的存在到底給了我們多少慰藉，這種事根本不可能向他人解釋清楚。我們這十四年來的喜怒哀樂，全都跟賴子脫不了關係。難道你能了解爲人父母者失去這麼一個女兒的辛酸嗎？」

「既然如此，我能不能請教一下十四年前那場意外是怎麼回事？」

夫人的臉首次明顯變得僵硬。

「普通的車禍。當時是五月的傍晚，我不小心走上車道，被小型麵包車撞倒了。當時我懷著第二胎，這你應該曉得吧。」

「是的。」

「車禍的衝擊使得孩子流產，我的神經則受到重創，身體變成這副德行……不過請你別再追問那場車禍了，光是回憶就讓人難受。」

「非常抱歉。」

綸太郎猜想，她最純眞的部分就在那一刻永遠地停滯了。不是消逝，而是緊貼在她內心深處。

此刻，眼前的女性應該有兩張截然不同的臉，而且彼此相隔十四年。各種情感的亡靈無處可去，只能在夾縫之間徘徊。是否正因爲如此，才會使她的言行舉止顯得有些難以捉摸？

「你覺得我是個過度自憐的女人吧？」夫人如此解釋綸太郎的沉默，「明明是十四年前的事了。」

「沒這回事。」

「我的身體有三分之二是無法以自身意志影響的累贅，如果沒有這張設有機關的床，我要好好過日子都辦不到。此外，我連下半身的例行公事都必須交給別人照料，你了解這是怎樣的狀態嗎？」

綸太郎搖頭。

「我認爲自己是個意念的怪物。」

這句話聽起來毫無自嘲的成分。綸太郎感到毛骨悚然，連開口回答都沒辦法。對方彷彿完全看穿了自己方才腦中所想的一切。此時在他視野的角落，一滴凝結的水化爲一道細流自杯子側面滑落。

「不過，我算是很幸運了。」她接著說道，「世界上還有許多人受到比我更嚴重的身障所苦，而我至少手臂能動。雖然左手相當不自由就是了。」

夫人生硬地舉起瘦削的左手。這隻手臂有如只裹了一層紙黏土的鐵絲般纖細，卻有股不容拒絕的強制力，令人無法移開視線。

綸太郎好不容易才開口：

「您從什麼時候開始用文書處理器？」

「這是第四台，所以有好一陣子了吧。我們早在它這麼普及以前就認識了，現在我根本無法想像用筆寫作會怎麼樣。你也用文書處理器嗎？」

「是的。」

「我很想念第一台機器，雖然比現在的機型慢得多，會讓人覺得自己當年眞能忍耐。但光是能在不造成身體負擔的情形下寫作，對我來說就形同寶物了。那是外子送我的禮物……我果然很幸運。這十四年來，凡是我需要的東西，他總會像這樣替我準備好。」

「也是因爲他愛您吧？」

綸太郎一問，夫人露出淡淡微笑。她想了一會兒後，補上一句話：

「沒想到像你這樣的人會說出這種話。」

言多必失。綸太郎搖搖頭，試圖甩開對方的自我意識產生的意念枷鎖。還有些非問不可的事。

「您認識姓高橋的男人嗎？聽說他是西村先生高中時代的同班同學。」

「認識。」夫人停頓一會兒，給出一個平淡的答覆。

「最近那名男人曾經聯絡西村先生嗎？」

「沒有。」她回答得很快，接著表示自己對那個名字毫不關心。「在你提到他之前，我甚至忘了這個人。大家很長一段時間沒互通音訊了。」

「這樣啊。」

夫人似乎突然失去了跟綸太郎繼續談下去的興致。與其說是疲倦，不如說是最後的問題掃了她的興。無論如何，夫人想講的全說完了。她右手毫不猶豫地伸向控制面板。

這是結束的信號。夫人按下開關後，床逐漸轉爲水平。她調整枕頭的位置，隨即有如暮色降臨般閉上眼睛。

7

綸太郎離開夫人的房間後，看見森村妙子站在樓梯口。在與西村海繪那場令人窒息的對談後見到這張臉，不禁有種放鬆的感覺。

「能讓我看看賴子小姐的房間嗎？」

「好的，房間在二樓。」

妙子帶頭走上樓梯。

「聽說最早發現西村先生服毒的是妳。」

「是的。」

「我還聽說妳是感受到某種預兆而急忙過來。」

「說得太誇張了。」妙子停下腳步，配合說出的話語微微搖頭，「那天晚上教授的態度怎麼看都不尋常，我很在意，撥電話過去卻聽到太太求救，這才是事情的眞相。」

「不過，正因爲妳急救得當，才能保住他的性命。急診中心的醫師也對妳讚譽有加。」

「身爲護士，這也是理所當然。」她答得若無其事，但眼角藏有些許自滿。

已故少女的房間整理得相當乾淨，想來是父親收拾的吧，感覺就像將回憶碎片一一塡回應有位置的拼圖。這畫面有如黑白電影中難忘的最後一幕，深刻地表現出逝者的份量。

米色窗簾、靠窗的書桌、配有燈罩的檯燈、白色床鋪、衣櫥與矮櫃、放在上頭的ＣＤ音響、貼牆而置的書架。雖然看不見布娃娃一類的東西，但這裡的確像是一般十來歲女孩的房間。

「西村先生是趴倒在這張桌子上吧？」

「是的。」

綸太郎試著重現當時的場面。

「像這樣嗎？」

「頭稍微左邊一點……嗯，差不多像這樣。」

綸太郎持續了這個姿勢一會兒，接著突然抬起頭來。他轉過椅子，與無所事事站在床邊的妙子面對面。

「西村先生是個怎麼樣的人？」

「一個深愛太太的丈夫。」妙子並未使用過去式，「爲太太盡心盡力，彷彿整個世界都是以她爲中心旋轉。太太能有這麼愛她的丈夫實在無比幸福。」

「他在賴子小姐面前如何？」

「是溫柔又明理的好父親。」

「只有這樣嗎？」

妙子瞬間瞇起了眼睛。

「爲什麼這麼問？」

「他在手記中給人的感覺似乎正好相反。因爲我一開始描繪出的形象，是個溫柔又明理的好丈夫，以及爲了女兒什麼都肯做的父親。」

「我認爲這種比較方式毫無意義。」妙子斬釘截鐵地說。

「剛才海繪女士也這麼說。」

「……『我愛妳們，愛我無可取代的家人』。」妙子引用手記的最後一節，「對太太的愛情，與對女兒的愛情表現方式自然會不同，何況父親對女兒的愛總是比較迂迴。」

妙子以指尖輕觸唇邊，彷彿那兒起了眼睛看不見的疹子。

「不過，這麼說來我確實也覺得有點意外。我從來沒有想過教授如此深愛賴子小姐。」這似乎是她的眞心話。

「愛到會拋下髮妻試圖尋短？」

「嗯，如果是我，絕對不會拋下太太。」這麼說完，她害羞地補充，「但或許就是彼此相愛才不怕別離。」

綸太郎點點頭起身，站到書架前方，端詳並的書背。

「賴子小姐似乎很喜歡讀書。」

「嗯，想必是受到雙親的影響吧。有時她還會讀些連我也不懂的書。」

架上除了勃朗特姊妹、湯瑪斯．哈代、司湯達爾等人的古典小說，也有《挪威的森林》與吉本芭娜娜的著作。此外還有不少漫畫，可以說她是現代風格的文學少女吧。其中最便於取閱的，則是印有實際照片的野鳥圖鑑以及母親的著作，閱讀頻率高得連切口處都已被手上的油垢染黑。

書架內側有好幾本包著店家書套的書。綸太郎將書套拆下一看，發現是心理學入門及夢境分析一類的書。這是多愁善感的年輕人必經之路，但也不是不能理解少女想遮住書衣的心情。

書架每一層都放著一隻彩色的野鳥摺紙，似乎是已故女孩悉心之作。

「這全是賴子小姐摺的嗎？」

「嗯，當然。她很喜歡小鳥，經常一個人盯著飛進庭院的鳥，跟教授手記中寫的一樣。」

「她養過鳥嗎？」

妙子搖搖頭。

「可能很想吧？不過……應該是出於體貼病人而選擇了忍耐。」

綸太郎隱約能明白妙子想說什麼。關在籠中的脆弱小鳥，容易讓人聯想到半身不遂而綁在床上的母親。這些紙做的鳥模型，宛如不安少女爲了將易碎的家庭幸福化爲形體留下所做的祈禱。

架子其中一層放著錄音帶。帶子數量不多，只有中森明菜與荒井由實的專輯較爲醒目；除了兩捲披頭四以外，西洋歌曲似乎並非房間主人的喜好。看來在音樂這方面，西村賴子的興趣相當平凡。

話說回來，其中有一卷帶子像是擺錯了地方，盒背標籤以不起眼的鉛筆字寫著「貼近／歡樂分隊（註）」，這些字的筆跡明顯與別處不同。盒子是空的，而CD音響的卡槽中有捲同個牌子的錄音帶。

「可以聽聽看嗎？」

「請隨意。」

綸太郎按下播放鍵。

註：歡樂分隊（Joy Division），英國傳奇後龐克樂團，對後世影響巨大。靈魂人物伊恩．柯提斯（Ian Curtis）於一九八〇年自殺，其餘成員另組新團新秩序（New Order）重新出發。活躍期間僅有短短四年。《貼近》（*Closer*）是樂團在柯提斯死後發行的第二張，也是最後一張專輯。

歌曲開始播放，是首陰鬱的搖滾樂。鼓與貝斯刻下沉重而痙攣的旋律，吉他的音色代替絃樂扯動聽者的神經纖維；宛如在地底爬行的人聲，與其說是歌，不如說更像詛咒。

曲子放到一半突然停下，因爲妙子拔掉了音響的電源線。綸太郎驚訝地看著妙子，發現她一臉遭到精神拷問般的表情。

「對不起。」她似乎對自己的反應感到疑惑，「可是，我總覺得那好像死人的聲音，而且……」

「正如妳所言，這位主唱已經不在人世。他叫伊恩·柯提斯，錄完這張唱片之後，不久便上吊自殺。」

妙子睜大了眼睛。她將原先握著的電源線扔出去，彷彿電線另一端綁在死者的脖子上。

「……賴子小姐總是在房間裡聽這種音樂嗎？」

「大概吧。」綸太郎讓妙子看標籤上的字，「妳對這些字有印象嗎？」

「沒有，至少不是她的字。」

綸太郎頷首，從音響的卡槽中取出帶子。

「我能暫時借走這捲錄音帶嗎？」

「請便，我會替您向太太報備。」

綸太郎有個想法。《貼近》雖然是張經典之作，卻絕對不是一個十七歲高中女生會當成消遣的音樂，應該將這捲錄音帶當成熟悉搖滾樂的熟人所送，而這個人即使與西村賴子關係親密也不奇怪。他半出於直覺地認爲，或許能從這個方向找到什麼線索。

當然，那人不可能是柊伸之。因爲柊是英文老師，應該會直接用英文書寫專輯名與樂團名。

綸太郎收回目光，發現妙子坐在床上。看樣子，她身上也帶著看不見的疲勞，希望能盡早從綸太郎的問題中解脫。

因此，綸太郎非得繼續問下去不可。

「八月二十一日傍晚，賴子小姐離家時是什麼樣子，妳還記得嗎？」

妙子搖搖頭。

「不知道，那天我五點半左右就下班了。她應該是我回去以後才出門。」

「妳這麼早下班？」

「是的，暑假期間教授跟賴子都在家，只要沒什麼特殊狀況，我都會提早下班。」

「原來如此。那麼在妳眼中，賴子小姐平常是個怎樣的女兒？」

「她既誠實又聰明，可說是這年頭少見的正經女孩。我到現在還是無法相信居然會發生那種事。」

「妳們感情好嗎？」

「很好。我是獨生女，如果有妹妹，一定就像賴子那樣吧。所以，聽到這個壞消息時，我也有種失去親人的感覺。」這個回答聽起來有些言不由衷。

「妳認爲父母在賴子小姐眼中是怎樣的人？」

「父親是賴子心目中的男性典範，她打從心裡仰慕教授。因此，我大概能了解她爲什麼會迷上高中的英文老師。」

「妳的意思是？」

「教授的專攻領域是政治史，年輕時曾爲了研究留學英國，所以英語非常流利。賴子會不會將那個姓柊的教師與父親的形象重疊在一起？」

綸太郎認爲這種判斷方式很危險，但他沒有說出口，只是點點頭繼續下一個問題。

「那西村太太呢？」

「這就有點難回答了。」妙子屈起腳，轉過身子。「她們表面上是對感情要好的母女，不過，賴子對母親所抱持的感情似乎相當複雜。青春期的女孩或許多少都會有點這樣的傾向，但我認爲太太身體不自由，對她產生了特殊的影響。」

「特殊的影響？」

「嗯，有時她的舉止就像對母親懷有罪惡感一樣。」說完後，妙子露出尷尬的表情，「我像這樣談論人家的私事眞的好嗎？」

綸太郎換了個問題。

「在妳眼中，雇主西村先生是個怎樣的人？」

「他很有紳士風度，而且令人同情。」她似乎刻意選了個平淡無奇的答案。

「西村先生是否對妳敬而遠之？」

妙子的身體突然一僵。

「爲什麼要問這種事？」

「因爲妳在西村先生手記中的地位低落，裡面關於妳的記述實在太過冷淡。關於這點，妳有沒有任何頭緒？」

「沒有。」

這應該是謊言，但妙子的態度擺明了繼續追問下去也沒用。

「那也無妨。」綸太郎說道，「換個話題，聽說高田滿宏這名青年經常出入這個家，是嗎？」

「是的，他是教授的得意門生。他怎麼了？」

「沒什麼，剛才在醫院見過一面，他看起來是個認眞的好青年。他待在這裡時，經常跟賴子小姐交談嗎？」

「是的。」

「兩人之間的氣氛如何？像年紀有落差的兄妹嗎？還是表兄妹？」

「不，我想用家庭教師與學生解釋比較恰當。實際上，他也經常指點賴子功課。」

「原來如此。」

兩人好一陣子什麼都沒說，沉浸在各自的思緒中。就在這時，森村妙子突然開口：

「其實教授的手記裡，有個地方我很在意……」

這句話今天是第二次聽到。

「方便的話，請告訴我。」

「是布萊恩的事。」

「賴子小姐養的貓，對吧？牠怎麼了？」

「您知道布萊恩失蹤這件事吧。」

「知道。」

「問題在於失蹤的日期。」

「失蹤的日期。」

「在教授的手記中，提到他二十二日晚上曾在這個房間餵布萊恩。不過，這有點奇怪。」她就像要說什麼祕密似地，自然而然壓低話聲。

「妳的意思是？」

「那天，教授早上接到警方通知而出門，整個白天都不在家。從教授口中得知消息後，雖然一直陪在太太身邊，但我曾想起布萊恩。賴子整晚都沒回來，牠多半也沒吃東西吧。我打算替賴子餵布萊恩，於是到處找牠，但找遍了整個家怎麼也找不到，當然這個房間也包括在內。」

「會不會在外頭呢？」

「布萊恩是隻家貓，應該不會主動外出，而且最後我還是沒找到牠。」

「妳告訴過西村先生這件事情嗎？」

「沒有。教授回來時，這件事已經不重要了。」

「也就是說，布萊恩應該二十二日就失蹤了？」綸太郎再次確認。

「是的。」

「這確實跟西村先生的手記矛盾。」

「這對你的調查有幫助嗎？」

綸太郎點了點頭。

他對妙子說「我差不多該告辭了」，便走出已故女孩的房間。

妙子送綸太郎到玄關。臨別之際，綸太郎順口問了個問題：

「妳來這裡以前是做什麼的？」

「妻子。」她平靜地回答，「我二十歲左右結婚，但第四年就離婚了，幸好沒有孩子。我有護士執照，所以能從事這份工作，也對現在的自己很滿意。」

「眞是抱歉，我問了個無聊的問題。那麼後會有期，請替我轉告夫人，希望她保重身體。」說完，綸太郎低頭鞠躬。

一走出玄關，綸太郎便看見外頭馬路上停了一輛眼熟的亞麻色Sprinter，而富樫就倚著車門向他招手。

8

「你這人還眞壞。」冨樫帶著戲謔的笑容看著綸太郎，眼神犀利。「我可不記得說過習慣被人放鴿子。」

綸太郎原打算就無視對方，逕自離開，卻臨時改變主意，畢竟高級住宅區不容易攔計程車。他穿過馬路，走到冨樫面前。

「剛才你說過想到哪裡都能送我去，對吧？這個提議還有效嗎？」

「當然。」

「那麼，麻煩送我到字見台的綠北之家。」

「一開始這麼說不就得了。」冨樫臉上滿是得意的笑容，「早點說就能省下來這裡的計程車資。」

沒這回事，反正帳單會送到同一個人手裡。但綸太郎沒說出口，只是默默坐進副駕駛座。

冨樫發動汽車，順著從丘陵間穿過的寬廣道路南下。建得有如積體電路般整齊的住宅群，以連綿不斷的藍天與沒有音符的高壓電線樂譜爲背景，朝後方流洩而去。

「有什麼收穫嗎？」冨樫立刻試圖打探情報，「你似乎在西村家待了很長一段時間。」

「嗯。」綸太郎點頭，卻完全不想回答。接著，他拿出借來的歡樂分隊錄音帶，「可以放音樂嗎？」

「那是什麼帶子？」

「西村賴子生前聽的曲子。」

綸太郎將錄音帶放進汽車音響，按下播放鍵。伊恩・柯提斯的歌聲一流入車內，冨樫便大皺眉頭。

「這年頭的高中女生都聽這種音樂嗎？」

「是呀。」綸太郎簡短答道，他決定在抵達目的地之前保持沉默。

無論如何，車程並不長。在元石川的路口左轉，斜眼能瞄到原野射箭俱樂部後再左轉，接著直線前進並在碰到田園都市線後立刻右轉，最後開上一個陡坡就抵達租賃公寓成群的字見台住宅區。

綠北之家就跟西村悠史手記中描述的一樣，位在能看見齊明女學院校地的高台中段，是棟適合獨居者的公寓。雖然屋齡相對較新，塗成紅磚色的外牆與陽台結構卻給人一種外行的印象。

綸太郎把冨樫留在車裡，獨自走近建築。他確認好管理員室的位置後，敲了敲一樓邊緣的奶油色門。

「哪位？」

露臉的是名年過四十的男人，身上披著一件穿舊了的麻織花襯衫。他似乎有些斜視，牙齒也被菸焦油染成了黃色。

綸太郎報上名字與緣由，詢問是否能進柊伸之的住處調查，管理員一聽就瞇起了眼睛。

「能不能再說一次你的名字？」

再度報上名字後，管理員搖搖頭。

「抱歉，剛剛警察來了通電話，吩咐如果有個叫法月的男人來，絕對不能讓他進屋。既然是警察的要求就沒輒了吧？再說，要是有人在附近亂晃也會給我們添麻煩。雖然很抱歉，不過你還是回去吧。」

大概是中原的指示，想必他在綠北署起衝突後就出了手。沒想到這部分算是綸太郎的失策，但要說中原反常也的確很反常，表示這戳到了他的痛處。

「不該惹毛中原啊。」綸太郎無奈地回到車上後，富樫如此評論，「反正就算能進屋調查，也不見得有什麼用。還是說你有什麼想找的東西？」

「沒有。」

「那就死心吧。話說回來，你去過那個女孩被殺的公園沒有？離這裡很近。」

車子迴轉後開下陡坡，在通往車站那條路轉往來時的方向。在住家稀少的一角沿著水泥建成的水道稍微走一段，就能抵達一個充滿綠意的公園。這點距離開車用不了多久，走路則需要約十分鐘。

五角形空地的外圍，是一道約有孩童膝蓋高度的水泥牆，內側另有一層樹籬，與道路做出區隔。

兩人下了車，在公園中漫步。日光從頭上茂密的橡樹枝葉間穿過，帶了黃色的綠光替遊園步道染上明亮的氣氛。此時富樫已經脫下了夾克。

「發現屍體的地點在哪裡？」

綸太郎一問，富樫便朝遊園步道旁邊的灌木叢努了努下巴。地上有束插在玻璃瓶中的鮮花，似乎是學校朋友放的。

他蹲下打量四周，但西村賴子死亡的痕跡只有這一處。或許這也無可奈何，畢竟命案至今已過了兩週，新學期早就開始了。

此時，說話聲乘風而來，綸太郎正在猜對方是誰，便看見三名少女騎著自行車從前方道路通過。她們全穿著白色襯衣與格子紋百褶裙，是齊明女學院的制服。

「往那邊走個五分鐘就是齊明女學院的校地。這裡雖然不在正規通學路上，但學生似乎很熟這裡，熟到連社團晨跑都會來。」

「確實沒有什麼危險的氣氛。」

「現在這個時間沒有。雖然周圍有人居住，治安也不差，但入夜後這一角就會突然變得沒什麼人影，就像土地上有個氣穴一樣，是個可能藏有玄機的奇妙場所。」

綸太郎將目光從道路轉回園內。連日晴天讓沙地乾燥得一片白，隱約有種稀薄的感覺。塗上防鏽漆的鞦韆、矮單槓，以及沙坑旁沒當成藤蔓棚的水泥柱，則宛如羅馬的廢墟般立在園中。

一名四肢修長的少年低頭坐在水泥長凳上。看起來應是高中生的他穿著一件黑色T恤，上頭印著令人懷念的「史萊與史東家族合唱團」（Sly & The Family Stone）專輯封面。

少年突然抬起頭，與綸太郎四目相交。綸太郎覺得這眼神似乎在哪裡見過，接著他察覺理由何在——跟綠北署海報上那名臉色蒼白的少年如出一轍。兩人並非長相神似，而是目光同樣空洞。

少年就像做壞事被人撞見似地別過視線，站起身朝沙坑吐了口痰。然後，他將手插進膝蓋處刻意弄破的牛仔褲口袋，轉身朝右方離去。

「搞不好那傢伙就是過路魔。」

富樫信口胡謅，綸太郎聳聳肩離開，走向少年剛才坐的長凳。

此時是兩點半。持續了一會兒的蟬鳴突然消失，整個公園頓時陷入寂靜。綸太郎蹺著腳坐在長凳上，望向遊園步道。剛剛的少年是不是曉得西村賴子的屍體出現在這座公園裡？雖然毫無根據，但綸太郎有這種感覺。

冨樫雙手各拿了一罐可樂，在綸太郎身旁坐下。

他說了聲「我請你」後遞出可樂，留給自己的那罐則是健怡可樂。綸太郎拉開拉環，用飲料滋潤喉嚨。

「能不能跟我聊聊之前在這座公園發生的案件？」

「行。」健怡可樂讓冨樫打了個嗝，「第一起在三月底，死者是就讀縣立高中的十六歲女孩。當時正值春假，出外遊玩的她似乎打算走公園旁的路回家。只知道她過了晚上九點後離開朋友家，再怎麼慢走到這邊也就十五分鐘吧。隔天早晨，慢跑經過這裡的主婦發現死者的腳從草叢中露了出來。屍體有遭強暴的痕跡，警方從她身上採集到AB型的精液。」

「死因是？」

「扼殺。不過，屍體含頭部在內有好幾處遭到毆打的痕跡，恐怕兇手是在路上出手襲擊，將少女打昏後再搬至遊園步道，因爲屍體還有在地面拖行的痕跡。兇手在遊園步道上侵犯少女後，便掐住她的脖子將其殺害。」

「確定是強暴後才殺人嗎？」

「嗯，解剖結果證明了這點，陰道口有活體反應。兇手不是會以屍體洩慾的那種變態。」

「除了精液之外，還有其他線索嗎？」

「體毛數根，僅此而已。沒有任何目擊可疑人物的證言。警察比對過周邊的可疑人物名單，但沒有收穫。」

富樫將可樂喝乾後，捏爛罐子丟向垃圾桶。他瞄得很準，空罐發出清脆的聲響落入桶中。

「第二起案件呢？」綸太郎問道。

「六月中旬。一名中學女生遭到襲擊，所幸對方並未得逞。」

「當時情形如何？」

「那個女孩似乎是從補習班回家時耽擱了。那天傍晚時烏雲密布，而事情差不多發生於九點半，已經開始下雨了。遭到襲擊的女孩撐著傘騎車，所以避開大路沿著水道回家。經過這座公園時，突然有個黑影從樹籬後跳出來擋在自行車前。女孩倉促刹車，那名男人便趁機出手。女孩因爲撐傘而失去平衡，連人帶車倒在地上，幸運的是她隨身帶了防狼警報器，而且倒地時壓到開關，發出震耳欲聾的警報聲。她趁男人吃驚時扶起自行車，不顧一切地逃開。之後巡邏中的警察碰到渾身濕透的她，才曉得有這麼一回事。」

「她沒看見對方的長相嗎？」

「警方也滿懷期待地詢問她好幾次，卻沒得到理想的答案。當時很暗且只有一瞬間，慌亂之下她根本沒空注意對方的長相；再加上犯人穿著黑色尼龍雨衣，又以兜帽遮住了臉，女孩頂多注意到對方是個比自己高的男人。到頭來，還是沒得到任何可靠的線索。」

「警方如何應對？」

「他們很看重這個案子與三月命案的關係，重新檢查了可疑人物名單並努力向周邊居民打聽，然而依舊沒有拿得出來的成果。到了八月二十一日，就像在嘲笑警察無能一般，發生了西村賴子命案。後續發展就跟你知道的一樣。」

綸太郎起身將可樂罐丟進垃圾桶，冨樫則坐在長凳上文風不動。綸太郎站著開口詢問：

「警方到底對過路魔理論多有信心？就我剛才聽到的內容，似乎沒有這三起案件出自同一人之手的證據。」

「那倒不盡然。地點相同、犯案時間都在晚上九點之後，而且第一起案子跟西村賴子命案同樣都是扼殺。」

「可是她沒有遭到強暴。」

「因爲兇手想讓她安分下來卻失手誤殺，不想姦屍沒什麼好奇怪的吧？」

綸太郎聳聳肩。冨樫則繼續說道：

「另一個重點，在於三起案子的間隔都是兩個半月。你應該也曉得，性犯罪者有周期性重複同樣犯行的傾向。有這麼多事證，你還是不滿意嗎？」

「因爲這全都是間接證據。」

「不可能什麼事都跟你寫的書一樣。」富樫突然站起身，走到綸太郎身邊親熱地搭上他的肩膀，「不過，剛剛那些全都是聽中原講的。我也沒打算把警方給的東西照單全收。」

綸太郎甩掉富樫攬著自己肩膀的手，走向車子。

富樫跟在後頭。

「要去哪裡？」

「你也知道吧？」

「我怎麼曉得？」開門的同時，富樫不忘依慣例裝傻。

「快三點嘍。」

綸太郎鑽進Sprinter的副駕駛座。富樫繫好安全帶，發動引擎，卻始終沒讓車子前進。

「剛剛前往醫院途中，我不是說過跟齊明女學院理事長約了三點在學校碰面嗎？」

「沒有。」對方似乎想隔著鏡片看穿綸太郎的意圖，「我沒聽到。」

「這樣啊，可能我記錯了吧。」

其實沒什麼記不記錯，他只是想看看能不能釣出富樫的狐狸尾巴。不過，對方似乎沒上鉤。

「總之，到齊明女學院就行了吧？」

冨樫出聲確認後，車子終於開始前進。他邊開車邊哼起不知何時記住的歡樂分隊旋律，只不過他的音感奇差無比，實在令人無法恭維。

9

車子一準備從正門駛入校地，穿著深藍制服的年長警衛便示意停車，並以高高在上的態度要兩人拿出訪客證。

綸太郎報上名字，表示跟理事長有約後，警衛一臉狐疑地探頭打量車內，彷彿在懷疑兩人是色情書刊推銷員。他走回警衛亭以內線電話確認，重新露面時像變了個人似地滿臉堆笑。

「冒犯了。」警衛說道，「理事長在高中部本館，請沿著這條路開到底後左轉。那是棟有鐘塔的建築，一眼就能認出來。」

看來這人自詡爲王宮的衛兵。從他態度前倨後恭這點，可以看出直接見理事長似乎是件天大的事。

車子開進校地後，很快就看見鐘塔與共四層的本館。塔看起來就像將大理石花紋圓柱一部分垂直削掉後的樣子，而且削平的那面正對著道路。雖然說是鐘，但上頭沒有鐘面，只有形成L字的銀色指針在陽光下閃耀。

鐘塔正下方是玄關，建築延伸到了柏油鋪成的圓環上。圓環中央有個附噴水池的橢圓池子，三道水柱朝天噴出。冨樫大剌剌地將車停在以白線畫出的長方形空間裡。

綸太郎一下車，冨樫也跟著踩上柏油路面。這回他似乎真的打算跟進去。

「你的填字遊戲呢？」

「在醫院停車場全解完了。」

眞是個難纏的傢伙。於是，兩人並肩走進本館。

兩人在門口告知職員來意後，稍微等了一會兒，便有個身穿葛倫格紋西裝的男人現身。來者長得就像葛雷哥萊・畢克的廉價普及版，他自稱是高中部校長，姓內海。他讓冨樫在別處等候，只帶綸太郎一人前往電梯。從兩人的互動看來，綸太郎認爲他們應該見過。

綸太郎搭電梯到了四樓，他估算離鐘塔頂端大約還有三分之一座塔的高度。鋪了大理石花紋地磚的短走廊，通往表面浮出美麗木紋的厚門。內海一敲門，裡頭就有個清晰的女聲回應：

「進來。」

內海開門入內，綸太郎跟在後面。這個房間感覺就像英國貴族的書房，寬廣的牆壁幾乎全放滿了書櫃，甚至有點壓迫感。

一名五十來歲的女人坐在桃花心木桌前看文件。她身穿淺黃褐色的整齊素面套裝，戴著一副讀書用眼鏡。

「理事長。」內海以在客人面前尚能保住威嚴的恭敬口氣稟報，「我帶法月先生來了。」

女人這才讓目光離開文件，並且拿下眼鏡打量來客。她的容貌乍看十分柔和，但瞥見刻在上頭的眾多細紋，就能明白那不過是表象。有如蘸墨毛筆般，根部雪白、愈往外愈烏黑的頭髮，讓人感受到一股神祕的氣勢。

「辛苦了，內海。」女人以不鏽鋼般的冷淡口氣說道，「你可以下去了。」

內海一鞠躬後離開房間，彷彿在說自己已習慣這種待遇。

理事長要綸太郎坐下。這張鋪有布墊的扶手椅坐起來很舒服，給人的感覺與房間主人大相逕庭。理事長將文件蓋章後放進代表閱畢的箱子，接著打量起綸太郎。

「你似乎在綠北署誇下了海口。」她突然這麼說道，「跟真相站在同一邊，是種了不起的信念。」

「您知道了嗎？也就是說，您果然一開始就跟中原刑警串通好了。」

「別說得這麼難聽。你明白自己的立場嗎？」

「每個人都這麼問，不過我的立場只有我自己能決定。」

理事長臉上浮現微笑，笑容冰冷而充滿優越感。

「無妨，趁現在盡量逞強吧，反正你終究只是我的兵卒。」

「一旦局勢轉變，兵卒也可能變皇后，這點還請您別忘了。」

綸太郎脫口而出。理事長收起笑容，搖了搖頭。

「我找你來，不是爲了聽你耍嘴皮子。回歸正題吧，我要跟你講清楚我們的基本立場。」

「我們的」這幾個字彷彿帶著看不見的磁力，綸太郎覺得自己幾乎要身陷磁場之中。

「即使我不說，你應該也很清楚事情經過與現狀吧。」

「是的，而且我也很明白自己這個角色的特殊之處。」

他搶先出口的話似乎被當成了明諷，理事長顯得不太高興。

「是嗎？這話實在不像出自一個頂撞中原的人口中。」

「因爲明白跟順從是兩回事。」

「我可不這麼想。」理事長的眼角宛如峽谷一般陷了下去，「說起來，既然接下了重新調查案件的委託，那麼你應該無法拋棄任務吧？」

「爲什麼？」

「對我……不，對齊明女學院而言，這個案件不是黑就是白。如果認爲手記內容正確，你就不該接下這個委託。既然沒有拒絕，就代表你是我們這邊的人，手記上寫的一切都該否認。」

「這太好笑了。像您這樣把一切單純化，未免太過魯莽，能以黑白論斷的根本算不上眞相。」

「這種見風轉舵的推託之詞對我沒用。」理事長以強硬語氣讓綸太郎閉嘴，「這跟小說家能居高臨下俯瞰登場人物完全不同。對於當事者而言，唯有分出是非黑白才叫眞相。而且，你從今天早上到現在花了很多力氣在這個案子上，已經是個徹頭徹尾的當事者，應該避免那些模稜兩可的言行。」

這些話不過是沒道理的極端論調，但正面頂撞八成會把事情愈弄愈糟。像這種時候，改變議論焦點是最佳策略。

「您說手記裡的所有內容都不該承認，是吧？但這是不可能的要求。讓西村賴子懷孕的是這所學校的教師，這件事無庸置疑。因此，您所謂的眞相，至少也得退到這個地點。」

「沒這回事。」

「爲什麼？就連警察也早就確認了這點，您不可能不知道吧？」

理事長嘴角上揚，一副「我就在等這個話題」的表情。

「你是指在柊老師住處找到的診斷證明吧，那是警察操之過急。一張紙根本當不了證據。」

「不過，要怎麼解釋診斷證明出現在他家這點？」

「那個女孩困擾許久，最後選上柊老師商量。因爲他是去年的導師，深得女孩信任。

老師只是保管她拿去的診斷證明，跟肚裡的孩子一點關係也沒有。齊明女學院的教師絕對不可能跟學生發生關係。」

「聽起來沒什麼說服力。如果除了他以外，還有其餘可能是孩子生父的人選，那就另當別論。」

理事長挺起身子將重心向左移，並放鬆了肩膀的力道。這顯示對話正依照她預期的方向走。

「關於這點我有頭緒。」她的口氣充滿自信，「之所以找你來，原因之一就在這裡。現在就讓你看看我並非空口無憑的證據。」

理事長的左手有如一條粉紅色的蛇，直直伸向桌上對講機的開關，接著擺起官架子下令：

「把她們兩個帶來我房間。」

得到回應後她便鬆開手指，把目光轉回綸太郎身上。房間內一陣沉默，這讓綸太郎強烈地意識到她的視線。

突然，視線中出現了情慾。她毫不害臊地以熾熱的眼神評估面前的男性肉體，外衣底下的胸部因吸氣而膨脹。綸太郎明白，這個女人慾求不滿。

同時，他腦中浮現了西村海繪的纖細左臂。仔細想想，這兩人充滿了對比。一個將自己綁在內心的小小世界裡，另一個則試圖將自己的肉體融入權力堡壘。對這兩人而言，恐怕沒有比彼此更為遙遠的存在了。

儘管如此，綸太郎依舊發現她們有個再清楚不過的共通點。那就是她們想控制別人的自我意識磁場極強……

敲門聲打斷了綸太郎的思考。理事長端正坐姿，出聲要來者入內。門開後，三名女性走進房內。

領頭的是個化淡妝的嬌小婦人，年約三十，穿著有白領的深藍連身裙。後面兩人則是穿制服的女學生，其中一個戴著眼鏡。兩個學生來這裡之前似乎在其他房間待命，因此滿臉倦容。

理事長介紹穿深藍連身裙的女性，說她是擔任2—B導師的永井老師。綸太郎記得這個名字在手記出現過。永井往前一步，對綸太郎行了一禮。

「西村賴子是我班上的學生。」永井說道，「她是個聰明又誠實的學生，我完全無法想像這種事會發生在她身上。」

永井這幾句話講得跟唸課文一樣，毫無抑揚頓挫，簡直像只輸入台詞與動作的機器人。說完後，她轉頭以眼神催促兩名學生向前。

走向前的兩名學生繃著臉。她們沒怎麼看綸太郎，目光都在理事長與女教師臉上游移。理事長咳了一聲，兩人隨即像觸電般縮起身子，一副提心吊膽的樣子。接著她們轉向綸太郎，但眼裡沒有任何感情。永井要兩人自我介紹。

定。

「我是今井望。」

右方的辮子少女先報出名字，聲音聽起來似乎有點緊張。

「我是河野理惠。」左邊的短髮少女說道。她戴著眼鏡，而且比另一個女孩來得鎮定。

「她們是班上跟西村賴子最親近的學生。」永井補充。

綸太郎對名字有印象，因爲她們的名字跟永井一樣都在手記中出現過。西村悠史就是從這兩個女兒的同班同學口中問出柊伸之的名字。

兩人都很緊張，綸太郎以唇語示意她們放輕鬆。今井望似乎沒注意到，但河野理惠看來是收到信號了。少女鏡片後方的眼睛一亮，嘴角也微微上揚。然而，她好不容易和緩的表情，旋即被理事長的話聲拉回原先的嚴肅模樣。

「我之所以說對孩子生父心裡有底，是因爲案發後從這兩人口中聽到了來龍去脈，連警方也不知道的新事實就這麼揭曉了。死掉的女孩生前有個偷偷交往的對象。」

理事長說完，向永井使了個眼色。

「今井同學。」女教師將手放在今井的肩膀上，用顯然有內情的柔和聲音說道，「把妳昨天在這裡跟理事長說過的話重新說一次。」

今井望身子一僵，宛如小孩吞下厭惡的蔬菜般，喉嚨上下抖動。

「賴子……不，西村同學似乎從去年起就常跟縣立高中的男生見面。我也聽本人說過好幾次。」

這不像謊言，今井本人卻顯得心不在焉，似乎沒意識到自己在說話。看在別人眼裡，就像有人透過肩膀上那隻手在操縱她一樣。

「對方叫什麼名字？」

「他叫松田卓也，好像是西村同學的國小同學。」

永井鬆開手，更換詢問對象。

「河野同學，妳跟她是同一所小學畢業，對吧？妳認識松田卓也嗎？」

「認識。」

「他們眞的在偷偷交往嗎？」

河野理惠眼裡閃過抗拒的光芒，但很快就消失了。

「……是。」

她咬牙切齒，似乎一開始就遭人強迫這麼回答。實際上，她多半還有別的話想講，但在理事長面前沒辦法說出口。

「不需要更多解釋了吧。」理事長說道，「雖然承認齊明女學院的學生跟外校學生交往讓人很難過，但至少證明了柊老師的清白。」

極爲突兀的結尾方式。

「光憑這些證據欠缺說服力。」

「是嗎？考慮到她父親的所作所爲，這點抗議應該沒什麼用就是了。」

「我有個問題。」綸太郎無視理事長，直接詢問河野理惠，「葬禮隔天，妳跟賴子小姐的父親談話時，爲什麼沒提到那名叫松田的少年？」

永井攔下試圖開口的理惠，搶先回答：

「我想是因爲她們不想讓同學的父親擔心。哪個父親會高興看見女兒跟外校的不良少年交往？河野同學提出柊老師的名字，絕對不是那位父親所曲解的意思，只是老實說出西村同學的學校生活。手記中的對話，大概是他編造的。」

連沒問到的部分都回答了，想必是學校準備的模範解答吧，但綸太郎實在無法點頭。松田卓也什麼時候變成不良少年了？河野理惠的眼睛顯然在對綸太郎說「沒這回事」。

眼尖的理事長似乎察覺現場的氣氛不對勁。她兇狠地盯著兩名女學生，若無其事地威嚇兩人：

「週六還把妳們留到這麼晚眞是抱歉，今天就到此爲止。別把在這個房間裡看到、聽到的事說出去。」

兩名少女中邪似地點頭，於是理事長命令永井退下，擺明要就此打住。

她從一開始就沒打算讓兩名女學生說話，只不過是爲了證明西村賴子另有男友才借用兩人之口。綸太郎對這種作法頗爲反感。

三人再度行禮後，永井帶頭走出房間。在門關上之前，綸太郎轉過頭去，看見河野理惠用唇語向他說了些什麼。那個角度只有綸太郎的位置看得見，少女似乎講了個四音節的單字。

10

待房裡只剩兩人，理事長便起身走到桌子與書櫃之間舒展筋骨。從將手放在脖子上這點看來，想必她跟多數人一樣爲肩膀痠痛所苦。以她的地位本來就得替許多事煩心，即使因爲這個案子增添更多壓力也不奇怪。

然而，她轉頭看向綸太郎時，已經變回原先那毫不示弱的剛強表情。

「你看起來很不滿。」理事長說道，「是懷疑我強迫那兩個女孩說謊嗎？」

「我可不會當著您的面說這種話。但她們說的如果是事實，就沒必要找我這種人來，直接質問那個姓松田的少年即可。之所以沒這麼做，不正是有相應的理由嗎？」

理事長微微一笑。她的表情雖然難看，卻無疑是在笑。或許她很享受這場對談。

「你一心想著要追根究柢，因此凡事都往壞處想。之所以找上你，只不過是聽說你是這方面的專家。再說，我們也不方便直接去逼問那名少年吧？」

「那麼，就由我去問他吧。」

理事長點點頭，但她看起來心不在焉，顯然在考慮其他事。

「你來這裡之前跟哪些人談過？」

「跟西村賴子周圍的人們碰過面，我想您應該已經知道了才對。」

理事長瞇起眼睛。

「爲什麼？」

「《週刊先驅》裡有個叫富樫的男人跟我說了些有趣的事。他說這個案子背後有令兄的對頭議員牽線，爲的是打擊齊明女學院的評價，而女孩父親的老朋友似乎是敵對陣營的智囊。但我倒認爲，富樫很可能是貴陣營的公關人員。難道他沒將在下的行動一五一十地向您報告嗎？」

理事長站著擺弄起文鎮。這番話說得拐彎抹角，因此綸太郎懷疑對方是否聽得懂他的意思，但理事長似乎是明白了。

她突然坐回椅子上，再度按下對講機的開關。

「有什麼事嗎，理事長？」是內海的聲音。

「叫那個記者來聽。」

「好的，請稍候。」

她看向綸太郎：

「不喜歡有人跟在旁邊就直說，我會讓他待在你看不見的地方。」

「請務必這麼做。」

「我是富樫。」對講機的燈亮了，「有什麼事嗎？」

「沒你的事了，以後你別插手管這個案子。我會告訴家兄。」理事長宣告完畢後就切掉了開關。

「那人是家兄指使的。」理事長十指交握說道，「看來他似乎太小看你了，如果是我就會派個機靈點的人。」

「像中原那樣的男人嗎？沒什麼差別。」

她盯著綸太郎。這回的眼神不像先前那般熾熱，反而有種距離感。

「我實在不懂你在想什麼。明明不服從我們的命令，卻又熱心地調查案件，這種矛盾的態度意義何在？你到底打算從這個案件中挖出什麼東西？」

「意外地什麼都沒想也說不定。」綸太郎緩緩起身，「柊老師在教職員辦公室的座位還是原樣嗎？可以的話，我想調查一下他的私人物品。」

「很遺憾，他的東西已經收拾乾淨了。再說也沒必要特地調查吧？」理事長突然板起臉，似乎對綸太郎的意圖頗爲不滿。「我好像花太多時間在你身上。反正也沒什麼好說的了，請回吧。」

綸太郎道別後轉身走向門口，理事長突然叫住他：

「如果有什麼需要的東西，就趁你還是我兵卒的時候開口。」

「那麼，明天能不能安排一輛車來我家呢？我的車送修，暫時沒有代步工具。」

「我知道了。」綸太郎走出房間時回過頭，看見對方一動也不動地目送自己離開。

當他走出玄關時，冨樫的Sprinter已經失去蹤影，原先停車處以小石子壓了張名片。綸太郎撿起名片翻面一看，上頭以鉛筆寫著「長谷川冴子」幾個字。

這是個女人的名字，但看不出冨樫想表達什麼，或許是某種線索吧。無論如何，那個叫冨樫的男人似乎也相當愛唱反調，想必很快就會再度主動找上門。綸太郎姑且收起名片，朝正門走去。

剛才的警衛悠哉地朝他搭話：

「您的同伴先離開嘍。」

「喔，沒關係。」

綸太郎走出校外，看見馬路對面有間咖啡廳，於是毫不考慮地走了過去。店名叫「Siesta」。

他站在能看清店內的透明櫥窗前，試著唸出Siesta。映在玻璃上的唇型相當眼熟，就跟河野理惠離開理事長室時的嘴形一樣。

少女無疑是要綸太郎在這裡等，看樣子她果然有話想說。在剛才的狀況下，頂多只能留下這點訊息。把冨樫趕走果然沒錯，搭車八成會錯過這裡。

綸太郎走進店裡，挑選靠窗的位置坐下。當他看向校門時，隱約有種似曾相識的感覺。實際上也該如此，因爲他想起五天前西門悠史也是在同一個地方監視柊伸之。

他四點之前就開始等，不過到了四點半依舊沒看見河野理惠的身影。綸太郎正打算放棄時，發現面前桌子暗了一塊，出現一個人影。此時一旁傳來「叩叩」的聲音，於是他轉頭看向外面，發現理惠站在人行道上用手背輕敲玻璃。

「眞對不起。」理惠一進入店內，就以判若兩人的活潑聲音對綸太郎開口，「剛剛一直在聽永井老師說教，她責備我在理事長面前態度很差。」

少女要綸太郎離開這家店。

「爲什麼？」

「在這種地方講話，就跟大喊要人來找沒兩樣。我曉得一個好地方，我們到那邊再說吧。」

她跟綸太郎說了車站前一家叫「Apostrophe」的店，今井望似乎先過去了。一道走會引人注意，因此兩人分頭離開「Siesta」。這些女孩也很有一套。

「Apostrophe」的一樓是蛋糕店，走上店內的樓梯後，有塊小而舒適的內用區。河野理惠與今井望坐在高腳椅上等待。

綸太郎也坐了下來。桌上滿是蛋糕盤，兩個女孩就像挖墳工一般靜靜地動著叉子，這證明她們情緒十分低落，要利用大吞蛋糕來發洩。

「這裡好找嗎？」理惠停下手問道。她在校外不戴眼鏡。

「嗯，雖然一個大男人很難進來這裡。」

「這樣才好，在這裡就不會被老師發現。」

「管得那麼嚴？」

「學校三番兩次警告我們不准提任何有關賴子的事。理事長他們打算把錯全推給賴子跟賴子的爸爸，藉以保住學校的面子。我們雖然無法忍受，卻沒辦法正面跟他們對抗。」

「……我對不起賴子。」今井望突然泫然欲泣地出聲，「其實我根本不想說什麼她和男生交往，可是我太軟弱了，被理事長一瞪……」

望說到一半就停住，頭也垂了下去，嬌小的肩膀開始顫抖。理惠將手帕塞進望的手裡，要她擦眼淚。望點點頭拭淚，接著又甩了甩頭，這才抬起臉來輕輕說了聲「對不起」。

「妳剛剛說有話想跟我講，對吧？」綸太郎擺出一副什麼也沒看見的樣子，「跟那個叫松田卓也的少年有關嗎？」

理惠點點頭。

「我不認爲卓也同學是賴子的對象，他們根本不是那種關係。」

「不是那種關係？也就是說，兩人交往是假的？」

「不是這個意思。他們確實有一陣子經常碰面，但沒有親密到會發生關係。」理惠毫不害羞地說道。

「他們實際上是怎樣的關係？」

「……在睡不著的夜晚將臉貼在冰箱門上靜聽，會有種通往某處的感覺。他們之間不是喜歡或討厭，而是這種感覺的延伸。以前賴子是這麼說的。」

這實在是難以理解，於是綸太郎更換切入的角度。

「聽說他們是小學同學，所以他們從那時起就交往了嗎？」

「沒有。我也同班所以很清楚，他們當時關係沒有特別好。中學時也一樣，我們進了這裡的中學部以後，幾乎沒聽過卓也同學的消息。」

「兩人重逢的契機是？」

「去年黃金週有一場小學同學會。賴子與卓也同學起先只是恰好坐在一起，後來不知怎地兩人突然認眞聊了起來，感覺跟周圍有明顯的落差。這種感覺你應該懂吧？」

「嗯。」

「雖然當時不曉得他們聊什麼，不過我後來去問賴子，她說卓也同學的雙親當時似乎鬧得不太愉快，所以她那時在安慰心情不好的卓也同學。在那之後，兩人便不時碰面閒聊，但只是談天而已，他們根本不是情侶。說什麼傷風敗俗的交往實在太過分了。」

「即使一開始沒那個意思，男女之間也可能會有意料之外的發展。」

「賴子不是那種女孩。一旦她認定事情該是如何，就算天塌下來也不會變。卓也同學的事也一樣，她對卓也同學應該完全沒有戀愛感情。所以，我認爲不可能有那種發展。」

她的主張就跟轉個不停的陀螺一樣，是以循環論證爲軸支撐信心。不過，跟她爭這種事也沒什麼意義。

「這種關係一直持續到最近嗎？」

理惠立刻搖頭。

「他們似乎從去年秋天起就沒再見面。所以賴子懷孕絕對不關卓也同學的事，畢竟今年五月時兩人應該好一陣子沒碰頭了。」

「爲什麼不見面？」

「詳情我也不清楚，不過卓也同學後來熱中於樂團，會不會是樂團的事太忙？」

「樂團？搖滾樂團嗎？」

「當然。」若是玩樂團的少年，會聽歡樂分隊的歌也不奇怪。

「我重複一個問題，爲什麼當時要把這些事瞞著賴子小姐的父親？」

「我沒打算隱瞞，當時是覺得沒必要特別講出來。而且該怎麼說，我總覺得如果跟伯父講這些事，反而會傷害卓也同學。」

「爲什麼要說出柊老師的名字？」

理惠臉頰緊繃，歪頭想了一下。

「關於這點，我想剛才永井老師的解釋沒錯，我們說出柊老師的事情時沒想那麼多。雖然我沒辦法把當天的對話內容一字一句地回想起來，但我總覺得應該是賴子爸爸想問學校老師的事。」

望這才以不太肯定的表情頷首，她跟理惠借的手帕晾在桌旁。理惠接著說：

「不過，就算這樣我也不打算跟理事長站在同一邊。我總覺得賴子爸爸才是對的。雖然我沒有證據，只是隱約有這種感覺。」

「五月中旬時，妳們沒注意到她的樣子跟往常不同嗎？比方說與柊老師的相處方式有所改變之類的。」

「就算眞的有這種事，我們大概也不會曉得。賴子心裡有一塊不對任何人開放的部分。我不是在說她壞話，畢竟我知道自己也有這樣的地方。所以，如果賴子眞的打算隱瞞，我們想必無法察覺。如果是我自己想這麼做，我也有徹底隱瞞的自信。」

「她的對象是柊，妳不吃驚嗎？」

「當然吃驚。」理惠的嘴唇像音箱振動板似地顫抖，「因爲賴子不是那種女孩。」

「可是妳剛剛……」

「不是這個意思。我不認爲賴子會跟柊老師發生關係，問題在於理事長與老師的態度。」

「意思是？」

「我聽望說過。」

在理惠催促下，望才張開沉重的嘴巴。她低垂的雙目裡，寄宿著難以名狀的昏暗光亮。

「我有個比我大兩歲的姊姊，她以前也是齊女的學生。這個案子爆發後她才告訴我，柊老師以前似乎也做過類似的事。」

「以前是指？」

少女戳了戳臉頰，擺出回想的姿勢。

「……那是姊姊入學前一年的事，所以柊老師應該才任教沒多久。據說他對自己的學生出手，在家長之間鬧出風波。不過，那名學生似乎是個問題人物，最後她主動退學讓騷動不了了之，老師則平安無事。」

這倒是個意外的情報。若這是事實，就代表柊有前科。

「不過，請千萬別跟別人說這些是我講的。」望悄聲補充，「如果學校知道，不曉得他們會拿我怎樣。」

「放心，我發誓絕對不會說出去。」

理惠跳下椅子。

「差不多該離開了。我帶你去卓也同學的家，那邊離這裡不遠。」

論太郎正要起身時發現桌上有盤蘋果派，兩名少女自始至終都沒動過它。

「那是賴子的份。」

注意到綸太郎視線的理惠，只說了這句話。

11

三人離開「Apostrophe」後，理惠帶頭走在因週末顧客多而熱鬧非凡的黃昏商店街。失去光彩的太陽，將乾燥的空氣染成黃色。一會兒後，三人抵達了某個開闢在和緩丘陵斜面上的集合住宅區。

待在徒有體積卻看不出什麼特色的公營住宅群之間，讓人感覺天空似乎也變矮了。松田卓也居住的那棟位於社區中心，是八層樓的細長建築，每層樓有十戶人家。

理惠重新確認入口信箱處的地址，從這點能看出她好一段時間沒來拜訪。松田家是C—二〇三號，在二樓。開頭的C似乎是建築代號。之後，三人走上階梯。

理惠在第三道門前停步，對綸太郎點點頭。門牌上寫著「松田修平、麻子、卓也」。綸太郎退開一步讓理惠按鈴，屋內傳出某個女人的回應後開了門。

一名大眼睛的女人露出臉。她年約四十，穿著長長的圓領運動衫，一副抵抗不了暑氣的萎靡表情。女人看見理惠時有些遲疑，但很快就想起以前見過這個女孩。

「唉呀，好久不見了。」

「午安，伯母。呃，卓也同學在嗎？」

「眞可惜，他剛剛出門了。」理惠看向綸太郎，於是女人的目光跟著轉了過來，「哪位？」

「敝姓法月。您是卓也同學的母親吧？」女人點點頭。「我有些事情想請教令公子，請問他大概什麼時候回來？」

卓也母親眼中出現困惑的神色。

「呃，您找我們家卓也有什麼事嗎？」

儘管綸太郎在來這裡的路上想了好幾個應付這種問題的藉口，但一看見對方的臉，他便決定放棄玩弄這些把戲。

「您認識西村賴子小姐吧？」

「嗯，小學時她跟我兒子同班。」女人臉色反射性地暗了下來，接著她看向理惠，「……眞令人難過，她是個乖巧的女孩。」

「我正在調查她的命案。關於這個案子，我有些事想詢問卓也同學。」

這位母親的臉色，頓時成了種種混亂情感的大雜燴。綸太郎很擔心會當場吃閉門羹，而如果不是理惠在場，或許眞的會變成這樣。

「這到底怎麼回事？」卓也母親好不容易才回過神，向理惠尋求解釋，「難道卓也跟那個命案有關係？」

「不，您誤會了。我們正是爲了確定卓也同學與命案無關而來。」

理惠的答案某種意義上肯定了對方的質疑，但卓也母親似乎並未注意到這點，勉強鎭定了下來。綸太郎在內心感謝身旁的女孩。

「您是警察嗎？」母親問道。

「不，我是出於私人因素進行調查。」綸太郎回答之後，重複剛才的問題，「令公子什麼時候回來？」

「今天不會回家，他出門時這麼告訴我的。」

「您曉得他上哪兒去了嗎？」

「去東京的朋友家。說什麼樂團明天要在原宿一個叫『瀑天』的地方演奏，所以去那邊準備並過夜。」

「瀑天」應該是指「步天」（註），也就是步行者天國。週日原宿的步行者天國，如今已成爲地下樂團現場演奏的聖地。

「也就是說，今天無法聯絡到他？」

「是的。」

綸太郎聳聳肩。他原本希望能盡早與松田卓也談談。接著他問理惠：

「妳知道他那個樂團的名字嗎？」

理惠搖頭，望也一樣。綸太郎不抱期待地問了卓也母親同樣的問題，卻意外地有了反

註：禁止車輛通行的徒步區，如台北的西門町。

應。

「……記得是個像糖果的名字。對了，我想應該是叫『花林糖』。」

「花林糖？」

如果不是走幽默搞笑路線，應該不會用這種樂團名，但這位母親畢竟是個會把步天記成瀑天的人。於是，綸太郎思考起有沒有發音近似「花林糖」，又符合搖滾風格的字眼。

「……您說的該不會是『Replicate』吧？」

「對對對，就是這個。」卓也母親一副有了什麼重大發現的口氣，「就是您剛剛說的。」

綸太郎從口袋中取出《貼近》的錄音帶，讓這位母親看上頭的標籤。認出那是兒子的筆跡後，由於太過不安，她毫無防備的嘴唇宛如要擰乾水分的抹布般扭曲。

「真的跟我兒子沒有關係吧？最近他都不怎麼說話，就連我也不曉得他在想什麼。」

接著，她順口抱怨起孩子父親多麼不中用，綸太郎當作沒聽見，道聲謝後離開了松田家。

三人默默地沿著來時路回去，太陽已幾乎完全落下。突然間，理惠問起錄音帶的事。

「你在哪裡拿到的？」

「賴子小姐的房間裡。」

「嗯……」到下一個三岔路口時，兩名少女停下腳步，「我們要走這邊。差不多得回去了。」

「也對。今天多謝，妳們幫了大忙。」

「明天你要去見卓也同學，對吧？」理惠熱心地問道，「我們可以跟著去嗎？我想有個認識的人在場會比較順利。」

綸太郎不是沒考慮過這點，但他依舊認爲不該讓兩名少女介入太深。

「應該沒這個必要，我有自信一個人找到他。再說，難保不會有人暗中注意我的動靜，如果妳們的行動被人發現，學校多半會插手干預。這麼一來，麻煩的還是妳們。」

理惠似乎接受了這個理由。約好案情有新發展要聯絡後，綸太郎便與兩人分開。

看著她們的背影，綸太郎突然懷疑理惠可能喜歡松田卓也，她的熱心或許就是因此而來。但綸太郎沒打算利用這點，因爲那是骯髒的成人式思考。

綸太郎走到車站，買了只有一站的車票後走上月台。今天他還想再跟一個人見面。

他在鄰站鷺沼下車，沿著站前路直直往東走到路口找派出所，詢問村上婦產科在何處。

綸太郎依照指示走，不到五分鐘就抵達診所。這個安靜的地方，只跟商店街隔一條路。他在建築師事務所與芭蕾教室之間，找到了寫著「村上婦產科」的藍色招牌。

診療時間已過，然而掛號處的燈光尙未消失。綸太郎將來意告訴服務窗口的護士後，對方便以內線電話聯繫醫師，得到了「請稍等約十五分鐘」的回應。他在無人的候診處打量關於「孕婦吸菸會對胎兒健康有不良影響」的海報，這裡沒放菸灰缸一類的東西，值得嘉許。

過了比十五分鐘略久一點後，村上醫師走到候診處。他的臉十分好認，整齊後梳的灰髮與友善的眼睛，與西村悠史手記所述如出一轍。

「讓您久等了。」他說道，「剛才替一名懷第一胎的年輕太太看診，所以遲了些。我是村上，您是法月先生吧？」

「是的，讓您百忙之中抽空眞是不好意思。」

「請別在意。我們在診療室談行嗎？」

「好的。」綸太郎跟著醫師離開候診處。

進了走廊盡頭的房間後，村上拉起簾子，這麼一來就看不見診療台了。接著，醫師請綸太郎坐下，自己也坐在旋轉椅上。房間裡整理得很清爽，有種令人安心的暖意，似乎反映了醫師的爲人。

先開口的是村上。

「關於這次的事件，我實在不曉得該說什麼。雖然西村先生的行爲不值得誇獎，但我也不是不能了解他的心情。我甚至覺得自己該爲沒能阻止他負責。」

「爲什麼要由您負責？」

醫師緊握放在膝上的雙手，那雙接生過許多嬰兒的手。

「明明交談了兩次卻沒能察覺西村先生的想法，這是我的過失。關於診斷證明的部分，不管如何指責我都甘願承受，但僅僅這樣多半還是幫不了他。」

綸太郎搖頭。

「請別自責。我認爲您盡力了，重要的是積極面對現實。有件事希望您能幫忙。」

「這點自然在所不辭，但我幫得上什麼忙？」

「您讀過西村先生留下的手記嗎？」

「不，還沒。」

「我帶了手記的複本過來。」綸太郎遞出複本的一部分，「能請您讀一下這些嗎？我想確認關於您的記述是否與事實有所出入。」

「我明白了。」醫師的回答雖然帶了點遲疑，但同情西村悠史的他會有這種反應，某種意義上也是理所當然。

醫師打開桌子抽屜，取出老花眼鏡戴上，接著開始閱讀手記。他的眼睛宛如在探索鏡片內側似地動著，閱讀得十分仔細，連一行都不肯輕忽。讀完一遍後，他又從頭到尾讀了一次，這才終於抬起頭來。

「關於我的部分全是事實。西村先生沒有任何的敷衍，也沒有任何不自然的省略。」

醫師拍胸脯保證，彷彿能夠確認這點是自己的驕傲。想必他心裡眞的也是這麼認爲。

「這樣啊。」

「我的回答是否不符合您的期待？」醫師表情有些複雜。

「沒這回事。」聽到這句話，醫師拿下老花眼鏡準備收起來。接著，綸太郎另闢蹊徑。

「還有件事想請教您。」

「什麼事？」村上停下手邊的動作。

「在八月二十五日的記述中，有這麼一段內容。『據村上醫師所言，賴子是八月十八日下午獨自來看診，當時她似乎十分苦惱。賴子告訴醫師，她的月經已延遲三個月。診察後確定賴子懷有身孕，而一聽到結果，賴子不知為何顯得如釋重負。』最後一句讓人有些在意。『顯得如釋重負』是您實際上的感覺嗎？」

「是的，我到現在還能回想起她的容顏。她是個漂亮的小姑娘。」

村上醫師輕輕將折起的老花眼鏡放在桌上。離開擁有者之手的老花眼鏡拒絕了血液流通的時間，讓肢體有如遠古生物骨骼標本般凍結。

「一開始她整個人繃得很緊，態度又帶刺。唉，這也無可奈何。不過，當我診察完畢，告訴她確定懷孕後，這孩子露出的表情只能用『鬆了口氣』形容。她臉上無疑有著放下重擔，或完成某種任務的滿足感。」

「關於她為什麼會露出這種表情，您有任何頭緒嗎？」

醫師以指尖輕搔太陽穴，宛如用粗筆蘸薄墨畫出來的眉毛，則配合著手指的動作伸縮。

「這個嘛，雖然我沒辦法保證無誤，不過女性一旦得知懷孕，必定會產生為人母的自覺。儘管生理期沒來會導致心理狀態不穩，然而，光是明白有個小孩在自己肚子裡活著，就足以讓她們振作起來。我個人認為，她的反應大概也在這個範圍之內。」

「也就是說，您並不覺得她的反應有什麼異常？」

「嗯，可以這麼說吧。」

「那麼，文中『不知為何』這個疑問詞，並非出於您的口中嘍？」

「當然。想來那誠實地反應出了西村先生的心情吧。他身為人父，會感到困惑應該也是理所當然。」

確實如醫師所說，沒什麼好奇怪的。就連綸太郎本人也不曉得自己為什麼會在意這種小地方。

「……她是個漂亮的小姑娘。」

醫師以低沉聲音重複了同樣的句子，想來是找不到其他能說出口的話吧。

「真令人難過。雖然我沒有女兒，但我自認能夠了解為人父者的心情，因為我把來這裡的患者全當成自己的女兒。」

說完後，醫師長嘆了一口氣。他就像要替自己打氣般玩笑似地聳聳肩，接著詢問綸太郎：

「沒其他問題了嗎？」

「如果不會添太多麻煩，是否能讓我看一下診斷證明的格式藉以參考呢？」

村上醫師回應了綸太郎的要求，絲毫沒有不耐煩的樣子。在解說完格式後，他又像突然想起什麼般補充道：

「最近我寫這玩意時，手總會無法克制地發抖，甚至因此無法寫字。你覺得是爲什麼？」醫師的臉突然化爲充滿罪惡感的深淵，吞噬了綸太郎。「因爲我寫的診斷證明害死了兩個人。」

12

綸太郎回到家後，發現老爸已經先一步抵達，正在用電視配啤酒，當前頻道播的是益智問答節目。不，只要不是職業棒球的轉播，什麼都行。

「看來你消耗得很凶呢。」綸太郎一進客廳，警視便以遙控器調低電視機的音量，「答錄機有給你的留言。」

綸太郎走向電話，按下答錄機的播放鍵。

第一通留言是個自稱民營電視台導播的男人，想要綸太郎對西村賴子命案發表此意見。第二通則來自另一家民營電視台，希望他能在週一下午的節目擔任解說來賓，預定主題是名門高中女校教師命案。除此之外，還有報紙與周刊雜誌的取材要求各兩家。各家內容大同小異，看不出半點獨創性。

唯一跟西村悠史和齊明女學院無關的留言，只有責任編輯詢問原稿進度的電話。綸太郎重新開啓答錄功能，讓機器負責應付。他暫時沒打算接電話。

「一躍成爲媒體寵兒的感想如何？」

「爸爸，如果這句話不是出自你口中，我會叫那人去吃屎。」

「說是這麼說，但你也不能全都無視吧？沒辦法，畢竟這也在一開始的計畫之內，乾脆上電視推銷自己的書怎麼樣？」警視不懷好意地笑著。事不關己，所以他這話有一半在調侃。「話說回來，你吃過晚飯沒？」

「還沒。」

「這樣啊，其實我也是。叫外送吧，來個特級鰻魚飯如何？」

「我贊成這個提案。」綸太郎說道，「帳單就扔給齊明女學院吧。」

吃過簡單的晚餐，綸太郎隨即回到自己房間，並未跟警視多聊有關案件的話題。進房獨處後，他將《貼近》的錄音帶放進音響中，按下自動重複播放，讓音樂持續流洩。

歡樂分隊。在龐克風暴席捲英國的一九七七年，四名年輕人在曼徹斯特組成了一個樂團。團名源自納粹猶太人集中營裡爲軍官設立的慰安設施。他們背負著龐克幻想留下的絕望感，走在混沌時代的前頭摸索那一絲希望之光。

他們無庸置疑是龐克搖滾以來最富可能性的團體。成員有吉他手巴納德．亞布雷西特、貝斯手彼德．霍克、鼓手史蒂芬．莫里斯，以及主唱伊恩．柯提斯。

已故的伊恩．柯提斯。

歡樂分隊是伊恩．柯提斯的樂團。他的歌聲與歌詞可說就是樂團的特色。那獨特的編曲與脫俗的節奏，也是因爲有伊恩的歌聲與他那自我逼迫的詞風才得以閃耀。

他體現了混沌、絕望、疑心，以及恐懼，有如遲來的薛西佛斯。伊恩總是站在極限處歌唱，而他的歌聲與歌詞，總讓人感受到伊恩正爲了退離險處或跨越障礙而與強敵作戰。然而，他的戰鬥並未持續多久。

一九八〇年五月十八日，伊恩柯提斯自縊於曼徹斯特的自宅，樂團三天後就要開始第一次的全美巡迴演唱。自殺理由不明，他只留下了短短的這麼幾句話：「即使是此刻，我依舊覺得自己早已該死。我受不了了。」當時他才二十三歲，跟同年十二月的約翰．藍儂命案一樣，都讓人彷彿能預見逐漸走入死胡同的八〇年代有多麼荒涼。

伊恩的猝死不只打擊其他三人，更爲全英國帶來巨大的震撼與深沉的悲傷。他們三月才錄完第二張專輯《貼近》，活動正步上軌道。在他死後停止活動的樂團，最後一張單曲《*Love Will Tear Us Apart*》極爲暢銷，不僅在獨立音樂排行榜名列前茅，就連全國排行榜上也佔有一席之地。逝者的歌，宛如替自己人生結尾下註解般響徹英國，「愛將使我們再度分離」。

第四部　重新調查Ⅱ

如今我已知曉，那黯淡火焰，
爲何常在你們眼裡閃爍。
啊，眼睛！那一瞥之中，
彷彿傾注了一切的力量。

——《悼亡兒之歌》

13

綸太郎發覺自己似乎就這麼睡著了。他在週日的早晨呼呼大睡，一直到法月警視來趕人起床為止，而歡樂分隊的錄音帶依然在播放。畢竟他前天晚上徹夜未眠，這也難免。

「租車公司送車來嘍。」警視往門的方向努了努下巴，「車子似乎需要你簽收。我讓人家在外頭等，快去吧。」

是昨天要水澤理事長安排的車。綸太郎喝了杯水後走到玄關開門見客，他一看發現哪是什麼租車公司，根本就是熟面孔。

「……你這麼快就轉行？」

「別講得那麼難聽。」《週刊先驅》的富樫答道，「你的樣子才糟呢，至少刮個鬍子如何？」

綸太郎心想，老爸真的年紀大了，居然連租車公司的服務員跟八卦雜誌的記者都分不出來。

「有何貴幹？如果要突襲採訪，你就找錯地方了，我不是什麼演藝人員。」

「別這麼凶。」他從跟昨天一樣的夾克裡掏出車鑰匙，拿到綸太郎鼻前晃了兩下，「這東西還在我手上，你就陪我喝杯咖啡吧。」

這人就算諷刺他也沒用。而且不管怎麼說，綸太郎依舊得問他爲何特地留下「長谷川冴子」這幾個字。

「那麻煩你到對面的咖啡廳等，我刮完鬍子就過去。」

「聖・阿馮佐」的咖啡喝起來就像浮了層油的泥水，所以綸太郎平常對這家店敬而遠之，但他認爲這間店倒很適合富樫。十五分鐘後，綸太郎走進店門，看見富樫正在吃晨間套餐的磅蛋糕。於是他在富樫對面坐下，點了杯薑汁汽水。

「一早就來打擾眞是抱歉。」富樫言不由衷地說道。

「你怎麼混進租車公司的？」

「我可沒混進去，只是剛好在你家門前散步而已。送車過來的傢伙，把我誤認爲你了。」

「這怎麼可能。」

「唉呀，似乎是路上塞車，所以他沒趕上約好的時間。看他頻頻道歉，想必很慌張，說不定還以爲我是特地走到路上等車。我也不好意思跟他說認錯人，乾脆就替你簽收。」

「用我的名字？」

對方點頭。

富樫想必還有些事略過沒提。雖說要把他趕走，但各種情報管道不可能立刻斷絕。如果從一開始就抱著這種打算在門口埋伏，要唬弄送車的人並不難。誰會相信他是剛好經過？話又說回來，跟這個男人囉唆也只是浪費時間而已。

「是什麼車？」

「店外停了一輛很華麗的車，你沒注意到嗎？」

綸太郎的確注意到了。

「……大紅色的愛快羅密歐Spider？」

「一點也沒錯。」冨樫臉上浮現不懷好意的笑容，「那就是你的車。」

綸太郎頭痛不已，這八成是理事長刻意整他。即使不管喜好問題，也得考慮車太顯眼而妨礙行動的可能性；但這點又不能責怪冨樫。他決定換個話題。

「不過，你應該調離這個案子了吧？」

「……果然不錯。」冨樫悶悶說道，「他們會突然把我趕走，是你向理事長打了什麼小報告吧？」

「對。她說，如果是她就會派個更機靈的人。」

「哼，那個愛擺架子的傢伙確實會說這種話。」冨樫一臉掃興。

「你承認是水澤議員的手下了吧？」

「嗯。事到如今，想否認也來不及了。」冨樫喝了點水，咬碎冰塊的聲音從他口中傳出，「雖然沒什麼好得意的，不過這是我最後一次跟你聊了，以後再也不會囉唆地纏著你。」

他講得乾脆，綸太郎卻沒當眞。

「昨天那個異想天開的劇本呢？」

「選戰陰謀嗎？當然是鬼扯，只是個議員親信花了半天想出來的故事。」

果然不能輕信記者。雖說自己一開始對這種說法嗤之以鼻，出於保險起見，卻還是向西村海繪打聽高橋的消息。沒想到全是編的，實在太丟臉。

「眞是過分。」

「話說在前頭，我也不喜歡接這種任務。這就叫塵世的枷鎖，我也只能哭喪著臉任憑人家使喚。區區週刊雜誌的特約記者，哪能違逆配戴金徽章的大人物？」

這些怨言出自富樫口中，只讓人覺得是在演戲博取同情，想必這就是過度耍嘴皮子留下的後遺症。

「你是爲了哭訴這些事才把我拉出來嗎？」

「不是。」富樫拿下眼鏡，揉了揉眼睛，「其實，我是想給你些有用的情報。雖然報不了一箭之仇，但要讓那個虛有其表的聖母頭痛還是辦得到。」

「什麼意思？」

「昨天我在齊明女學院停車場放了張名片，你發現了嗎？」

「我發現了。」綸太郎從夾克口袋掏出撿回來的名片放在桌上，「長谷川冴子是什麼人？」

「柊伸之的前未婚妻。」

「前未婚妻？」

富樫點頭，將「長谷川冴子」幾個字寫在紙巾上。

「她是柊讀大學時的學妹，二十九歲。兩人六年前解除婚約，現在她在目黑的旅行社工作，家住高圓寺的公寓大樓。你去跟她見個面談談就知道了。」他將長谷川家的住址與簡單地圖補在名字下方。

「……談什麼？」

「當然是柊的事啊，問她解除婚約的理由是什麼。要是你問話的技巧不好，人家可能不會告訴你。」

「別拐彎抹角，直接告訴我怎麼回事吧。」

富樫裝傻似地別過頭說：

「我可不想讓人覺得我是個口風不緊的男人。我頂多告訴你對方的名字，至於能查探出多少東西，就看你的本事。」

富樫的話雖然還是老樣子任性又支離破碎，但當事人似乎覺得這樣子合乎邏輯。這或許是媒體的通病。

他們想成爲情報社會中的馬克士威妖（註），純粹爲了誇耀自己的特權才散播情報，即使選擇站在某一邊也只是這種心態的部分表現。背叛與道義對這些人而言毫無意義，他們只會不斷宣傳肥大的自我。

14

跟富樫談完，綸太郎發動愛快羅密歐並踩下沉重的離合器，驅車前往高圓寺。他沿著環狀七號線北上，於青梅街道左轉。根據富樫的地圖，高圓寺聯合公寓在ＪＲ高圓寺站與丸之內線新高圓寺站中間，實際上那是棟時髦的七層大樓。

綸太郎鑽過紅磚拱門，確認門口的信箱。三〇二號信箱上的名字是長谷川冴子，是手寫的整齊文字。於是，他上樓走到三〇二號室門前，按下門鈴。

「哪位？」門開了四十五度角，一名女子探出頭來，瞇起眼睛打量綸太郎。

這人身著帶有皺褶的牛仔襯衫，肩膀處看起來有些緊。她的脖子有如窄口瓶般細長，一頭野性長捲髮之下能看見形狀漂亮的耳朵。她的五官乾淨俐落，緊閉的嘴唇與細長的眼睛卻令人感到難以親近。此外，她的臉頰也微微腫起。

「敝姓法月。妳就是長谷川冴子小姐嗎？」

註：物理學中的假想妖魔，能探測並控制單個分子的運動。由英國物理學家詹姆士・馬克士威提出，用以解釋違反熱力學第二定律的可能性。

「是的，有何貴幹？」

綸太郎單刀直入地說：

「是否能和妳談談有關柊伸之的事？」

女子臉色一變，舌頭彷彿咬到般在口中滑動，似乎是在默唸柊的名字。

「妳知道他日前遇害的事吧？」

冴子反射性地點頭，而才驚覺來不及裝作不知情。

「……你是警察？」

「不是。」綸太郎搶先補充說明，「也不是要訪問妳的媒體記者。我是出於私人因素調查命案眞相的人。」

「請你回去。」女子突然出言趕人，「我正要出門。」

然而，事情並未就此結束，出門似乎只是臨時想到的藉口。女子沒有關門，就這麼站在原地打量綸太郎的表情。她肩膀以下的肌肉，彷彿遭到看不見的東西吸引似地僵在原處。

「我不會佔用妳多少時間。而且我來拜訪的目的，跟命案沒有直接關係。」

「我跟那個人早已沒有半點瓜葛，也好幾年沒見過面。而且我已經有了對象，明年春天就要結婚。事到如今，我不想再跟麻煩扯上關係。」

從冴子的口氣聽來，與其說那是眞心話，不如說是在說服自己。如果她眞的沒打算講，應該會立刻關門上鎖才對。

「絕對不會替妳添麻煩，而且我也知道你們最近都沒見面。你們的婚約好像在六年前就解除了，對吧？」

「沒錯。」女子心不甘情不願地點點頭，「不過，那是彼此達成共識後的結果，沒什麼理由讓外人說三道四。」

「我沒打算說三道四，只是想請教妳當初爲什麼非解除婚約不可。」

她的眼神突然暗了下來，會話中斷。長谷川冴子在沉默之餘，似乎也在思考綸太郎的提議。不過，這只是綸太郎個人希望如此。

此時，隔壁的門開啓，一名ＯＬ風格的年輕女子走出來。她注意到兩人，於是說聲早安，同時臉上浮現露骨的好奇心。冴子雖然回道早安，聲音卻有些生硬。女子也向綸太郎點頭後，一副猶豫半天後想起什麼事的樣子，轉身回到自己家中。

「……我知道了。」隔壁的門關上後，冴子突然說道，「站在這邊說話也不是辦法，我們去個能安心談話的地方吧。對面有間咖啡廳，麻煩到那裡等我。」

她沒給人時間反應便縮回屋子裡，於是綸太郎離開門口。聽到自己剛才對富樫說過的話，他覺得有點詭異。

高圓寺聯合公寓對面那棟商業大樓的一樓，是一間叫「Black Page」的咖啡廳。充滿裝飾藝術風格的店內看不見其他客人，髮絲稀疏的老闆讀著史蒂芬・普羅札洛的《火與灰》。綸太郎在離櫃檯最遠的位子坐下，等待冴子到來。

二十分鐘過後，冴子換上清爽的圓點圖案上衣與藍色窄裙出現。這麼一看，就能發現她的身材相當不錯，而當事人似乎並未意識到這一點。冴子的左手無名指上，套著一枚紅寶石戒指。

「等很久了吧？」她說道，「是不是以爲我不會來？」

「沒有。」

冴子點了杯葡萄汁後，從包包裡拿出菸盒替自己點菸。這不是虛張聲勢，而是極爲自然的動作。或許是化妝的關係，她的表情柔和許多，甚至感覺變了個人，彷彿甩開了陰霾。

「……妳對這件案子了解多少？」

「只有在報紙上看見而已。」

「想聽聽詳情嗎？」

「不，免了。我對那個人的事已經沒興趣。」她讓香菸的濾嘴在指縫間滾動，煙霧軌跡不安定地搖晃。

「說句實話，知道那個人被殺時，我同樣沒有半點好奇心。我甚至再度發現，那個人在我的心目中變得微不足道。這麼聽起來似乎很無情，但全都是眞心話。我根本沒想過會有人爲了挖掘過去而找上門。」

「抱歉。」綸太郎低下頭，「不過，我大概會是最後一個拿柊老師來煩妳的人。」

「是這樣就好了。」長谷川冴子露出安心的表情。

開場白就到這裡，綸太郎切入正題。

「兩位是在大學時代認識的吧？」

「我小他一屆。我們都是青年旅行同好會的成員。我們在我大一的秋天開始交往，就這樣一直下去……跟許多人一樣，在他畢業的那一年，我們瞞著父母過起接近同居的生活。」

儘管「跟許多人一樣」，但對她而言應該是段幸福的時光吧。在煙霧簾幕的遮蔽下，女子的雙眼閃過一絲懷念的光芒。

「從那時起，你們就決定將來要結婚了嗎？」

「嗯，我是這麼打算。那個人雖然沒說出口，但應該也下定了決心。」

冴子回過神，將指間的菸在菸灰缸裡弄熄。她沒抽第二根，而是在輕咳一聲後以果汁潤喉，專注地說故事。

「伸之是文學部，考到教師資格後，很快就得到齊明女學院的教職，似乎是親戚有管道。他向雙親介紹我並訂下正式婚約，是在我剛上大四的六月。

他打算等我一畢業就結婚，讓生活安定下來。但我不想浪費大學四年好不容易學到的東西，於是在那年決定到旅行社工作。伸之對這點很不滿，從那時起我們便經常吵架。」

冴子的臉色逐漸轉紅。她無意識地開始用名字稱呼分手的男人。

「這就是你們出現隔閡的起因？」

「不。我好不容易說服了他，讓他理解我的想法。當時，這種小事還不至於成爲我們之間的隔閡。」

然而，她這些話說得咬牙切齒，臉上更有著痛苦與悔恨。跟出口的話語不同，證明她至今依舊無法徹底否定自己有部分責任。

「但在四月開始上班後，公司規定必須住在都內，我們見面的機會被迫減少。即使有這麼多阻撓，我依舊非常重視伸之，也爲了等工作安定下來後能當個好太太而一點一滴地準備。這時發生一件出乎意料的事，毀掉一切。」

聽到「出乎意料的事」這個詞，綸太郎回頭翻找記憶。今井望在「Apostrophe」說的話浮現腦中。

「他疑似對自己的學生出手，是嗎？」

冴子咬住嘴唇。

「……你知道了嗎？」

「我聽過這樣的傳聞。」

「那不是傳聞。」

果然是事實嗎？女子垂下目光，以指尖在杯上畫圈，宛如要將內心某處化爲象形文字。她輕嘆口氣，抬起頭。

「那是我進公司第二年發生的事。他當時任教第三年，第一次擔任班導師。他們班上有個素行不良的女孩，最後兩人發展到有了性關係的地步。」

「也就是說，他向妳坦白這件事？」

「嗯。他這一說，我才想到之前並非沒有徵兆。當時我工作剛步入軌道，經常擺臉色給他看，或許就是這樣才讓人趁虛而入。」

冴子努力裝出冷靜的樣子，但平淡的口吻反而令人同情。即使本人意圖振作，旁人看來依舊十分危險，無法不將目光放在她身上。

「這就是解除婚約的理由嗎？」

「不。」她乾脆地說道，「如果只是這樣，遲早會隨著時間流逝。聽完解釋後，我發現這件事確實並非他單方面的錯。最重要的是，我真的愛他，不想失去他。很好笑吧？」

綸太郎搖頭。

「那麼，除此之外還有其他決定性的關鍵，是嗎？」

冴子臉色一沉，彷彿早滲進顴骨的記憶殘渣，穿透肌膚顯現在臉上。她也注意到這點，於是別過頭藏起半邊臉，以略帶沙啞的聲音回答：

「這不過是個契機罷了。在聽他辯解時，我發覺他還有其他事瞞著我，而且我以前就懷疑過他身上為什麼會有些昂貴的東西。」

「昂貴的東西?」話題的走向似乎有些改變。

「嗯,最令人感到不可思議的地方,就是學校對於他的處分太輕了。齊明女學院以嚴格校風聞名,教師一旦惹出麻煩,照理來說不是該嚴懲解聘嗎?」

「確實。」

「聽他自白時,我已經做好某種程度的覺悟,畢竟那名學生被校方以主動退學的形式趕了出去。但他說溜嘴,跟我講絕對沒問題,他擁有可靠的保險。」

「可靠的保險?」

「事情愈來愈可疑,於是我決定逼問他,這麼做或許也是我心裡不安。最後他似乎也認命了,老實招出一切。那個男人打從擔任齊明女學院的教師以來,一直和理事長有肉體關係。」

「什麼!」綸太郎不禁叫出聲,同時他也發覺這一喊解開了某些謎團,「……這是眞的嗎?」

「他乾脆地招認了。」

冴子拿起杯子,一口氣喝乾剩下的果汁。吸管掠過臉頰掉到地上,但她沒打算撿。

「似乎是理事長提出的要求。那個女的想必深受慢性慾求不滿所苦吧。」

昨天在理事長室感受到的目光,綸太郎還歷歷在目。他甚至不需要修改對那位女強人的評價。

「可是他沒有反抗，對吧？」

「伸之說身爲新任教師無法拒絕，但我想他大概也樂在其中，證據就是兩年來他有求必應。當然，正如我所想的，他並非無償提供肉體。」

講極端點就是小白臉，但他也牢牢握住理事長的弱點。一旦兩人的關係公諸於世，理事長與學校的權威將一落千丈。確實，以齊明女學院的教師來說，沒有比這更可靠的保險。

「決定與他分手就是因爲這點吧？」

「沒錯，這時候我才終於清醒過來。跟對學生出手相比，能若無其事地持續這種關係更讓我難以忍受。

如果只錯一次倒還能原諒，但我無法將人生交給一個隱瞞眞心、長期說謊的男人。我當下就決心與他分手，直到今天依舊不後悔。我甚至覺得發現得太遲。」

冴子看起來確實沒有後悔的樣子。然而，現在的堅強態度，想必是花了六年才建立起來的吧。綸太郎心想，她的六年大概全都花在這件事上頭了。

「柊就這麼老實地接受妳的決定嗎？」

「嗯，那人只在意面子，當時他的心早不在我身上。不僅如此，他還試圖把責任全推給我。」

「意思是？」

「他說，如果當初立刻結婚就不會發生這種事。我從來沒想過他居然這麼無恥。所謂熱戀終有冷卻時，我們算是很自然地實現這句話，畢竟我確實遭到背叛，也看見他的另一面。在那之後，我們雖有三次不得已必須同席，但彼此都沒多說什麼，斷得乾淨俐落。」

「除此之外，再也沒碰過面嗎？」

「嗯。不，有一次他喝醉了撥電話到我家裡，當時分手差不多一年。我一聽到他的聲音就起雞皮疙瘩，立刻掛斷電話。這就眞的是最後一次。」

「在那之後，妳還聽過有關他的傳聞嗎？」

「沒有。」她頓了一會兒後補充，「我沒想到他依然獨身。」

「在妳看來，他跟你分手後，是否會維持與理事長的肉體關係？」

冴子用力點頭。

「想必直到最近，他還是學不乖地幹著同樣的事吧。只要沒被解雇，他應該會讓這種關係持續下去。他這人就只能這樣過活。」

跟剛開始對談時相比，冴子的口氣變化頗大。綸太郎覺得，他好像搭上一列快得連眼睛都追不上的情感雲霄飛車。

冴子突然看向自己的手，接著充滿愛情地輕撫無名指上的戒指。她說過明年春天就要結婚。綸太郎有點想替她的將來祈禱，希望那個陌生男人會比柊伸之來得正經。

15

綸太郎從環狀七號線南下，沿著井之頭大道前往原宿。他將車放在車棚裡，趕時間買了個漢堡果腹，然後走向步行者天國。

週日午後的磚道上人潮洶湧，留有曬痕的肌膚裹在五顏六色的包裝裡往來交錯，人流宛如隨時會變換色彩的巨大鑲嵌藝術般塡滿道路。他們大多是十來歲的青少年，其中澀谷風格打扮的高中女生尤其顯眼。

白晝之下的原宿，隨著綸太郎前進的腳步化爲巨大的音樂漩渦。若將一切的樂音全換成音符，說不定會誤以爲是蝌蚪異常繁殖。各個地下樂團在道路兩旁互相推擠，周遭則圍了一圈女孩子。這幅畫面代表樂團風潮盛況空前，即使暑假結束，也毫無影響。

少年們背著吉他袋，瀟灑穿越馬路。Boys, be Sid Vicious!只要將擴大機與套鼓放在路上，旁邊再放個麥克風架，就能上演一場街頭搖滾秀。由於空間有限，競爭激烈，這些樂團想必都是在天亮前就把器材搬過來，才得以確保貴重的地盤。

他們的髮型天差地遠。有長髮、脫色、平頭、金髮、光頭、雞冠頭，也有人戴著馬克．波倫那樣的帽子。如果他們演奏的曲風也有那麼多變就好了。

然而，在集結至此的眾多少女心中，音樂的原創性似乎可以放一邊，只要有個不停跳躍甩頭，又唱著熟悉歌詞的同年代英雄就好。女孩待在足以讓主唱飛散的汗水淋到之處，跳躍、擺頭、伸手、吶喊、高舉拳頭，簡直就是便利商店世代的邪教團體。

演奏一結束，搖滾傳教士便放聲大吼。「Hey,everybody!來買我們剛出爐的新歌吧。」所有信徒一聲「Yeah!」之後，隨即爭相掏出錢包，將所剩無幾的零用錢換成錄音帶，演唱會的門票更是賣得飛快。

搖滾已死，龐克的幻想也已風化，只剩商業還留著。然而，鼓動並未停下，人們宛如成群的旅鼠一般衝向虛無。ＯＫ，伊恩，下一段和弦是什麼？

綸太郎在路上的少女中選擇較能溝通的女孩，問對方是否聽過「Replicant」這個樂團，但沒得到任何收穫。松田卓也待的樂團似乎沒什麼名氣。某些人甚至回問「Replicant?那玩意流行嗎？」綸太郎心想，看來自己想得太簡單了。

綸太郎在人群中穿梭約三十分鐘後，突然有人拍他的背。他轉過頭，看見一個龐克少年。對方不但將棕刷般的頭髮染成黃色，還穿著宛如潑上各色顏料的T恤。

「要找Replicant的就是你嗎？」

綸太郎頷首，對方隨即揚起嘴角。

「我叫浩二，舔垢鬼的團長，在這一代還算吃得開。」

「舔垢鬼？」

「我們樂團的名字。妖怪舔垢鬼，記好。」想來是源自滾石合唱團的標誌，綸太郎實在不覺得這是個好名字。「我們跟Replicant在同一個地方表演。我替你帶路，跟過來吧。」

舔垢鬼的浩二一個轉身，熟門熟路地撥開人群前進。他似乎跟外表不同，是個好心的少年，於是綸太郎跟著他移動。

「我說啊，」途中浩二問道：「你該不會是唱片公司的星探吧？」

「不是。」

「你是演藝事務所的經紀人？」

「也不是。」

浩二停下腳步。

「那你找Replicant幹嘛？」

「裡面有個叫松田卓也的人吧？認識嗎？」

「卓也是我的死黨。這麼說，你是看上他的吉他？」

「不是。我有話跟他說，但是跟樂團沒關係。」

「喔。」少年似乎無法想像這世上居然有跟樂團無關的事，滿臉失望。

這也難免。像綸太郎這樣普通打扮的人到處尋找樂團，讓人誤認成星探也是無可奈何。實際上，這年頭大型唱片公司常會找具有發展潛力的地下樂團簽約。

又走了大概五十公尺後，他們在磚道邊撞上約由二十名少女圍成的半圓形人牆。浩二回頭說「就是這裡」，此時人牆湧起一片歡呼。

「剛好。」浩二說道，「Replicant的演奏正要開始，你也聽聽看吧。」

綸太郎走到人牆前方，看見Replicant四人各自穿著喜好的服裝，正在檢查樂器。他發現忙著調音的吉他手側臉有點眼熟，是昨天那個坐在公園長凳上的少年。少年身上還穿著同一件史萊與史東家族合唱團的T恤，所以不會有錯。

「他就是卓也。」浩二在綸太郎耳邊說道。

Replicant的演奏開始了。身穿皮背心的主唱一邊蹦蹦跳跳，一邊吼出歌詞。歌的節拍、段落只能隱約分辨出來。除此之外，只剩下無止境吐出粗暴樂句的吉他。

他們是典型的日式龐克搖滾，無論是編曲還是歌詞，都明顯受到了The Blue Hearts與JUN SKY WALKER(S)的影響，幾乎全是跟風，缺乏衝擊性。

聽完好幾首沒新意的抗議權威教育歌曲後，樂團突然演奏起山本琳達的老歌組曲，周遭女孩也跟著高聲唱和。綸太郎不明白，他們怎麼會知道這種歌？

演奏結束後，四人隨即退往磚道後。舔垢鬼的浩二跑向卓也身旁，拍拍對方的肩膀說了些什麼，同時指指綸太郎。他走了過去。

「你有話跟我說？」卓也說道。他一副愛理不理的樣子，汗濕的T恤緊貼身軀。

「……我們並非初次見面。」綸太郎報上名字後補充道，「昨天兩點半，你在字見台下的公園，對吧？」

「有什麼事？」少年皺起眉頭，盯著綸太郎問道。他的語尾帶有遲疑。

「你認識名叫西村賴子的女孩吧？我想跟你談談她的事。能撥點時間給我嗎？」

少年一臉把長靴吞了下去似的表情，只以腳尖踢著地面的泥土，並未給予回應。於是綸太郎遞出《貼近》的錄音帶。

「這是在她房間找到的。應該是你的吧？」

卓也將錄音帶在手中翻了兩三次後，嘆口氣。他抬起頭，承認認識西村賴子。

「到那邊談吧。」

綸太郎指指無人的樹蔭並走了過去，卓也並未特別反抗就乖乖跟上，原本綸太郎還以爲會看見明確的拒絕反應。他停步轉身後，卓也便故作強硬地質疑：

「如果你是刑警，就把警察手冊亮出來。」

「不，我雖然受託調查案件，卻跟警察無關。我的本業是小說家。」

「……看不出來。」卓也說道。看見綸太郎聳肩，少年略微鎮定了點。

「我從名叫河野理惠的女孩口中聽說你的事。去年夏天之前，你似乎經常和賴子小姐來往？」

「嗯。」卓也盤起雙臂，仰頭舒展筋骨，「不過，我們最近沒有碰面。」

「這樣啊。對了，你的血型是哪一型？」

「想幹嘛？」卓也的下巴縮了一下。

「詢問你的血型。不好意思，有意見晚點再說，能不能先回答我這個問題？」

「……A型。」

「那就好。」綸太郎拍拍卓也的肩膀，「抱歉，雖然我沒懷疑你，但爲了你好，非得把這點弄清楚不可。告訴你一件事，你可別說出去——有人懷疑讓賴子小姐懷孕的是你。」

「這不可能。」他瞪著綸太郎，「誰這麼認爲？」

「齊明女學院的理事長與教師。」

「……那些過分的傢伙。」卓也突然沉默下來。

「我想問點關於賴子小姐的事。聽說你們是去年五月重逢，對吧？」

卓也點點頭，沉重地開口：

「在同學會遇上的，我們小學畢業典禮以來就沒見過面。」

「跟她意氣相投的契機是？」

「我不太清楚。只不過剛好坐在一起，當時在聊什麼……」他的目光飄向遠方，「想起來了，我開始抱怨老爸時，西村突然認眞起來，問我怎麼回事。」

「抱怨令尊？」

「嗯。講起來很丟臉，老爸在外頭有了女人，每天都不回家，把家裡搞得一團亂。現在我雖然也死心了，但當時不管走到哪裡、遇到誰，我都會講這件事。大人實在太任性了。」

家家有本難唸的經（It's a Family Affair）——史萊與史東家族合唱團，一九七一年。

少年愈說愈流暢，彷彿在回憶重量的影響下，不由自主地加速。

「聽完後，西村便對我長篇大論。平常我會覺得這種說教很煩，要對方別管我，但那時的她不一樣。她不只是同情……該怎麼講，她說的事有種奇妙的眞實感，讓人不禁全聽了進去。我想，她大概也有煩惱，而那些煩惱剛好跟我的怨言同步。」

「於是你們就交往了嗎？」綸太郎問道。

「我想應該跟交往不太一樣。」卓也稍微想了一下後回答，「不，我一開始也不是完全沒那個意思。因爲我……該怎麼講，喜歡上了西村。這捲錄音帶，也是去年考慮很久後才送給她的生日禮物，那是我最喜歡的唱片，就像我的靈魂一樣。每次聽這卷帶子，就有種洗滌身心的感覺。只不過主唱死了。」

「伊恩・柯提斯，對吧？我知道他。」

「那你應該懂吧，我是認眞想和她交往。但不管我多有意願，人家不領情也沒辦法，我們連個吻都沒接過。」

卓也說到最後一句時，盯著自己的鞋尖。看來這名少年十分纖細，從他彈吉他的樣子實在難以想像。突然間，卓也回過神，一臉尷尬。

「……我到底怎麼了？居然會跟初次見面的人講這種事……」

「把想講的話全部說出來就好。」

綸太郎說著，邊回想昨天少年在公園的空洞目光。這裡也有個因爲少女之死大受打擊的人；而且當事人還年輕，傷痕的深度難以估量。

「我就不兜圈子了，實際上你們是怎麼相處的？」

「我們不同校，能見面的時間只有週末。她說別打電話，不能讓她的家人知道。所以，只要她不撥過來，就無法決定何時見面、在哪碰頭，我只能耐心等待。

等她撥電話來，我們就會約時間地點，像是週日早上十點在澀谷的PRIME，然後當天就在那邊碰頭。如果在她家附近碰面，西村會坐立難安，畢竟她念的學校對於男女交往管很嚴。碰面之後，我就會邊喝咖啡邊……該怎麼講，聽她的人生觀。」

「接著呢？」

「就這樣。」少年輕聲回答。

「這樣有趣嗎？」

卓也垂下雙手，環顧四周。一會兒後，他的嘴唇宛如天空逐漸亮起般緩緩張開。

「……我呢，只要這樣就夠了。這跟有沒有趣無關，光是見到西村就能讓人放鬆。而且，她也不是只講那些沉悶的話題，她跟我聊了許多她讀過的書，這些東西倒是挺有意思的。

有一次，她突然提議搭電車到郊外的偏僻小站，然後我們就在河岸沉默地坐到太陽下山。她不太說話，於是我問爲什麼要來，她就回答我來看鳥。」

「她喜歡看鳥吧。」

「我知道，可是這很奇怪。西村家裡養貓，爲什麼一個喜歡鳥的人會養貓？你不覺得很詭異嗎？既然喜歡看鳥，乾脆別養貓，改養小鳥不就好了？」

某種情緒突然如漲潮般佔據卓也的臉，他一時說不出話，彷彿已故少女那屹立不搖的形象從他口中奪走了話語。綸太郎認爲，疼惜嬌弱的小鳥與寵愛在暗處磨爪的貓咪，兩者之間並未矛盾。在十七歲女孩心中，這兩者共存得很好。

綸太郎換了個話題。

「那她又是爲了什麼與你見面？何況，你眞的能肯定她不喜歡你嗎？」

少年愣了一下，上半身有如單擺般左右搖晃，表情則突然變得成熟起來。

「這種事我也不知道。跟西村見這麼多次面後，我漸漸有種感覺。她表面上是在對我說教，但同時也是在講給自己聽。」

「講給自己聽？」

「這種說法有點奇怪就是了。我記得，一開始應該是西村安慰因家裡狀況而沮喪的我，而我也向她吐了不少苦水，更因此感覺得到了救贖。不過，那時我突然想到一件事。不管再怎麼親切、再怎麼無法放著別人不管的人，能給的同情應該還是有個極限。她之所以在意我，會不會是在我身上看見了自己的影子？這樣說你聽得懂嗎？」

綸太郎點頭，催促他說下去。

「剛才也講過，我隱約覺得西村可能跟我有同樣的煩惱。到了暑假，差不多八月中的時候，我想一直讓她聽我抱怨也不是辦法，於是問她『難道妳沒有什麼煩惱嗎？』」

「然後呢？」

「她嚇了一跳，激動地堅持自己沒有煩惱。雖然話題中斷，但一會兒後，西村談起自己的母親。我也知道她媽媽身體不方便，這點似乎給了她很大的壓力。西村心中似乎有股摸不清的罪惡感。」

「你說罪惡感？」用詞雖然不太一樣，但森村妙子也說過類似的話。

「嗯，西村似乎也不曉得為什麼會有這種感覺，她只說偶爾會突然想獨處。很遺憾她沒告訴我更多，但她之所以在乎我，大概跟這點有關。」

「『這點』是指？」

卓也彷彿要尋求更精確的用詞，以張開的手指聚集胸前的空氣。

「……該說是親子關係嗎？我也不太會解釋，但跟父親有關。西村將我跟老爸的爭執，當成發生在自己身上的事。我不認識她爸爸，或許他們關係很惡劣。」

「不，剛好相反。」綸太郎說道，「父親比任何人都要疼女兒。」

「那就是我想太多了。總之，下次見面時，我就對西村說，伯母身體不好不是妳的錯，一直放在心上也不是辦法。她聽完後便露出奇怪的表情回家了。從此以後，西村就再也不跟我見面了。」

綸太郎注意到這跟理惠說的有些牴觸，於是打斷了卓也。

「你們斷絕聯絡，不是因爲你開始把心力放在樂團練習上嗎？」

「我不曉得這是誰跟你說的，但事實並不是這樣。如果西村說要見面，我就會拋下樂團，以她爲優先。我會專注在樂團上，是從她不理我以後才開始。不，說不理我好像也不太對，感覺是她的興趣轉移到其他地方了。」

「比方說，有了喜歡的男性？」

「你說那個姓柊的教師嗎？」卓也的臉垮了下來，不屑地說出那個名字。他恨那個男人。「天曉得。但除了他之外，還有一件事我一直放在心上。」

「什麼事？」

「去年十月某個星期日，我在澀谷撞見西村跟一個中年男人走在一起。那個穿破舊西裝的傢伙將近六十歲，一副鄉下人的樣子，跟西村一點也不配。

我喊住西村後，她看起來有些手足無措，男方則沒什麼反應。我問西村那人是誰，她回答我那是她爸爸的朋友。雖然我覺得這組合很怪，但那個男人態度很自然，我想西村會慌張大概是我弄錯，所以就這麼跟她道別了。」

「爸爸的朋友？你問過他叫什麼名字嗎？」

「等等，他好像報上了自己的名字。我記得是……」少年閉上眼試著回憶。

「叫高橋嗎?」綸太郎先一步說道。

「不是。」卓也睜開眼睛,「好像叫五十什麼……啊,五十嵐。我記得他向我頷首致意,並且自稱五十嵐。」

五十嵐。第一次聽到這個姓氏。他到底是什麼人?

16

綸太郎走回停放愛快羅密歐的車棚。他慢慢散步,邊思考該如何解讀卓也目擊的景象。

名叫五十嵐的中年男人。「父親的朋友」這個曖昧答案,隱約有種敷衍的氣息,何況那人比西村悠史大上一輪。難道她身上還有什麼不能公開的祕密?

若想得誇張一點,也有可能是已故女孩賣春,澀谷與圓山町的賓館街近在咫尺。實際上,她今年五月眞的懷孕了,而且無法證明那是她的第一次性經驗。讓她懷孕的對象,搞不好只是個在街上認識的陌生人。如果是這樣,這個事件的輪廓將就此崩解……

不,這樣不行。毫無根據的想像跑太遠了。若把這種倉促而成的想法當眞,到頭來只會跟疊床架屋一樣浪費力氣。

再說,如果「五十嵐」眞是比賴子大上許多歲的情人,卓也應該當場就會發現。從剛才的談話可知這名少年並不遲鈍，若聞到不單純的性愛氣息，想必他不會就這麼放那兩人離開。

綸太郎告誡自己別胡思亂想，現在不是隨便揣測神祕人物「五十嵐」身分的時候，畢竟還無法確定那個男人是否跟這個案子有關聯。

總之，得先確認那個叫「五十嵐」的男人是何許人。線索不多，看來只能相信西村賴子的話調查看看。父親的朋友，先調查西村悠史周圍有沒有叫「五十嵐」的人物。就算她說謊，能夠明白這點也算是有所進展。

綸太郎雖然與高田青年約了晚一點在都內的旅館碰面，但離約定的時間還很久。他領回愛快羅密歐後，沿著二四六號線往西開去，目的地是西村悠史的家。

他於將近三點時到了西村家門口，森村妙子聽到鈴聲後出來開門。妙子一看見綸太郎，浮現安心與困惑交織的表情。

「突然打擾，眞是不好意思。」綸太郎低頭道歉。

「有什麼事嗎？」

「我有些事想請教太太。」

「總之，請先進來吧。」妙子說道。今天她穿著有成排鈕釦的米色連身裙，將頭髮盤了起來。

綸太郎原以爲會跟昨天一樣直接前往夫人房間，妙子卻領著他到了一間面對庭院的西式房間。門打開時，一股彷彿擁有意志的靜謐空氣迎面而來，顯然有一段時間無人進出。從房內擺設看來，這裡似乎是客房。

「我去問太太是否願意見您。」

綸太郎頷首，妙子隨即離開。不久後，她回到房間，一臉歉意地說道：

「不好意思，太太今天似乎誰也不想見。其實，她早上就不太舒服了。」

「身體出了什麼狀況嗎？」

「不，應該是精神上的疲勞，我想是輕微的自律神經失調。她昨天好像也在勉強自己振作精神，連我都沒發現。」自責的念頭，宛如磁力般將她的雙臂吸往身體前方。

「抱歉。」綸太郎說道，他或許太遲鈍了點，「是我的錯嗎？昨天我問她的……」

妙子搖搖頭。

「不止昨天，應該更早之前就累積不少壓力。尤其是教授遲遲沒恢復意識，太太無比心痛，但這點我實在無能爲力。不過，太太也很擔心會不會惹你生氣。」

「哪裡的話，是我不該突然上門。那麼，我改天再來拜訪。」

綸太郎正要起身，妙子卻輕輕制止他。

「那個，您想問什麼？如果不介意，要不要我替您詢問太太？」

「方便嗎？」

「只能問不會讓她不高興的簡單問題。」

人。」

「那就麻煩了。」綸太郎說道，「我想知道西村教授的熟人裡，有沒有姓五十嵐的

妙子將手指按在唇上，略微搜索記憶。

「……就我所知道的範圍，沒聽過這個姓氏，或許是老朋友。不過，您爲什麼要問這種事？」

綸太郎稍微想了一下，決定將卓也撞見的事簡單告訴妙子；不過，他並未講出卓也的名字，只說那是從學校朋友口中問出的消息。

「跟中年男人一起出現在澀谷？」妙子聽完，臉僵得像紙做的模型鳥，「這不像賴子會做的事。」

但是，賴子的死法也不像她的風格。

妙子請綸太郎稍等，隨即離開房間。總之，她會先試著問夫人對「五十嵐」這個名字有沒有印象。爲了避免刺激夫人，其餘的事就暫且不提。

在等待的期間，綸太郎看向櫃子上倒下的相框。他有些在意，於是拿起相框看裡面的照片。

那是張陳舊的家庭照，褪色說明了歲月的流逝。氣氛雖然有所不同，但照片中確實是這裡的庭院。季節是春天，背景有剛發嫩芽的榆樹，但那棵樹如今已不在。樹幹前站著當年的西村家庭，一眼就能看出是十四年前的照片。

當時的西村悠史應該三十二歲，還像個無條件相信未來的青年。他將襯衫的鈕釦全數扣起，挺直了背，身上還穿著看似手織的毛線背心。

西村悠史右邊是懷孕的妻子。孕婦裝肚子處的鼓起頗為顯眼，想必拍攝時間就在車禍之前。丈夫的手臂摟在她的肩膀與手肘上。當時她看起來比較豐腴，氣色也好得多，臉上滿是溫柔平穩的笑容。

除此之外，還有年幼的西村賴子。小女孩頂著妹妹頭，帶著輕飄飄蕾絲衣領的粉紅連身裙與她很相稱。她當時應該才三歲。賴子兩隻手抓著父親垂下的右臂，踮起穿紅鞋的腳，薔薇色的小臉掛著微笑，彷彿還聽得到她的咯咯笑聲。

三人臉上都洋溢著幸福。照片裡的他們，看上去毫不懷疑將來也會跟當下一樣幸福。

然而，實際上並非如此。殘酷的命運隨即奪走八個月的長男、奪走西村海繪的身體自由；而在經過十四年的歲月後，又奪走獨生女的性命。

看著這張照片，會讓人覺得能理解西村悠史的行爲。也許他這麼做並不是對齊明女學院和柊伸之復仇，而是奮勇抵抗無情的命運。

「大家都那麼善良，爲什麼會發生這種慘劇？」

不知不覺間，森村妙子站在綸太郎背後，越過他的肩膀打量照片。綸太郎將照片放回櫃子上擺好，端正姿勢詢問結果。

「如何？」

妙子垂下視線，輕輕搖頭。雖然此時不該想這種事，但她的動作實在美得像幅畫。

「太太似乎對這個名字沒印象。」

「這樣啊。」

儘管期待夫人解答，但人家說不知道也無可奈何。看來只能將「五十嵐」先放在一邊。

或許是綸太郎看起來相當沮喪，妙子不禁主動出聲：

「要不要再找一次賴子的房間？或許會找到名字備忘錄一類的東西。」

「不，那就不必了。」

綸太郎認爲不該太依賴對方的好意，畢竟他是這個家的不速之客。再說，就算找房間應該也不會有所收穫。如果賴子留下與「五十嵐」相關的線索，西村悠史理所當然會先找到。

「對不起，幫不上忙。」妙子似乎覺得很抱歉，將話題轉往別處，「這麼說來，昨天傍晚矢島邦子小姐來過這裡。」

「矢島小姐？」

妙子點點頭，一副不小心說溜嘴了的樣子。明明是她主動提起，卻一臉爲難。

「您似乎惹火了她。」妙子對綸太郎說道，「她對太太說，不能輕易相信你……」

這話雖然講得委婉，妙子的表情卻道出更爲明確的弦外之音。邦子無疑說出了「齊明女學院的手下」這個決定性的身分。看來她非常討厭綸太郎。

「我只是在醫院跟她聊了一會兒。」

「這樣啊，矢島小姐一定是誤會你了。她平常非常友善。」在妙子心目中，跟這個家有關的全都是好人。「如果有機會靜下心談談，應該能解開誤會。」

「希望如此。」綸太郎悲觀地說道。

「不過，請別放在心上。」妙子像要調停般補充，「經過昨天的會面，太太認爲您值得信任。她今天無法與您見面，跟邦子小姐絕對無關。」

聽到綸太郎說不會放在心上後，妙子似乎鬆了口氣。於是對話就此打住，綸太郎離開房間。

或許是剛才看到照片的關係，綸太郎走到外頭，停步環顧庭院，發現疊在一起的波斯菊綠葉隨風擺盪。十四年前，一家三口就站在這株波斯菊前，對著鏡頭微笑。

他留意到某個昨天經過時漏看的東西。那一帶的部分土壤隆起，似乎最近有人挖過。於是，綸太郎蹲下身子調查地面。

土還沒硬化，可空手挖開。

裡頭埋著腐爛的貓屍。

17

綸太郎將屍體小心地重新埋好，坐回車上的駕駛座。他將手擦乾淨後，盤起雙臂，針對挖出來的東西整理思緒。原先停留在想像範圍的疑惑，一口氣具體了起來。

他發動引擎、離開西村悠史的家，然後在都心做了個U形迴轉。綸太郎跟高田青年相約五點在高輪的旅館大廳見面。他雖然打算開誠布公地跟高田談，但一想到結論，就倍感沉重。

綸太郎聽厭了愛快羅密歐的排氣聲，隨興地將手伸往置物箱，翻出疑似前任駕駛忘在車內的錄音帶。他將錄音帶塞進音響中，車內意外流洩出門戶合唱團（The Doors）的曲子。

這首是《*The End*》，吉姆・莫里森的歌聲逐漸融入風中。

遍體鱗傷留在古老荒野中的孩子們，
全都已經瘋狂。
而瘋狂的孩子們，
正等著驟雨到來。

通過多摩川後，綸太郎注意到後方的某輛Skyline。對方一直跟愛快羅密歐保持在後照鏡隱約可見的距離，實在太過刻意，看來他似乎是被跟蹤了。

前座有兩個男人，所以不是富樫。會是齊明女學院理事長派來的「更機靈人選」嗎？綸太郎認爲可能性不大。

綸太郎考慮過甩掉對方，不過憑他的駕駛技術有點困難。如果用愛快羅密歐來場飛車追逐應該很有趣，但綸太郎沒有在擁擠道路上控制快車的餘力，而且這是他第一次開左駕車。最後他認爲佯裝不知、伺機而動才是正確的選擇。

抵達旅館後，綸太郎將車放在停車場，此時離約定的五點還有五分鐘。他穿過入口的迴轉門，環顧內部挑高的大廳，看見高田坐在櫃檯附近的沙發上。學會雜誌的編輯會議才剛結束，所以高田穿著藍色西裝外套還打了領帶，服裝相當正式。對方也認出綸太郎，站起身迎接。

就在這時，有股不輸攀岩選手的握力從後方抓住綸太郎的肩膀。他轉過身，隨即有個穿絲質襯衫，繫高級領帶還壯得像電話亭的大漢，露出粉筆列般的白牙向他微笑。

接著，又有另一人拍拍綸太郎的背。他戰戰兢兢地將目光從電話亭的牙齒上移開，轉頭看見一名身穿義大利製西裝的投資顧問風格男人。對方給人的感覺就像電影《美國朋友》（*The American Friend*）中的丹尼斯·霍柏（Dennis Hopper）。男人以廟會賣的吹龍玩具那種咻咻聲朝綸太郎搭話：

「你就是法月綸太郎先生吧？能陪我們來一趟嗎？」

「你認錯人了。」綸太郎倉促應答，「我沒聽過那種時代劇風格的名字。」

「認錯人也無妨，我們老大有些話想跟你說。我也不希望在這種地方鬧出什麼騷動，你就乖乖照我們說的做吧，法月先生。」

「這可就頭痛了。」

綸太郎想聳肩，卻被電話亭太漢壓著無法如願。高田青年在大廳裡停下腳步，不知所措的表情地看向他，於是綸太郎以眼神示意對方別接近。

「抱歉，我跟美麗的女友約了要吃晚餐。」他對丹尼斯・霍柏說道，「有事能否等我吃完再談？」

「很遺憾，我們老大是大忙人，行程表都是以分鐘爲單位安排，能跟你說話的時間只有現在。所以，能否麻煩你將我們放在跟女朋友的約定之前呢？」

「你們的老大是誰？」就在這時，綸太郎腦中閃過某個念頭。「這樣啊，我懂了。最近的媒體邀人登台時還眞愛演戲。你們是哪家電視台的人？」

雙人組面面相覷，這個問題似乎讓他們不太高興。丹尼斯・霍柏搖搖頭，將目光放回綸太郎身上。

「被人跟電視台相提並論還眞令人難過。但你在議員面前千萬別說這種話，因爲他非常討厭媒體。」

「……議員？」

他一回問，丹尼斯・霍柏便意味深長地頷首。也就是說，這兩人是來接替冨樫的嗎？

「這回是水澤議員親自召見嗎？」

雙人組再度對看。有如鴿叫的笑聲從電話亭大漢齒縫間洩出。看來是猜錯了，但綸太郎一時也想不到還有其他行程以分鐘爲單位的大人物會找上門。他完全無法理解這對丑角搭檔爲何登場。

「看來你誤會了。」丹尼斯・霍柏正色說道，「但沒時間一一解釋。總之，麻煩你跟我們走，目前我們沒有加害你的意圖。」

丹尼斯・霍柏對搭檔使個眼色，電話亭大漢則眨了一下眼睛回應。這是委婉的威脅，包含了「如果不聽話就會倒大楣」的意思在內。當然，他們應該不至於在眾目睽睽的旅館大廳動手，但之後可就麻煩了。搞不好會碰上有人開車追撞，或是信箱被塞炸彈之類的危險。

但是，這引起綸太郎對兩人的老大的興趣，他甚至認爲搞不好是「五十嵐」的邀請。當然這沒有任何根據，只是胡思亂想而已。

「……只好遵命。」

「一開始這麼說不就好了。」丹尼斯・霍柏說道。此時，綸太郎突然想，這人搞不好是同性戀。接著霍柏彈響手指，電話亭大漢放下綸太郎肩上的手。

三人右轉走向門口。到頭來，演變成得放高田青年鴿子，但綸太郎又不能在這裡出聲把對方拖下水。他心想，若能活著回來就向高田道歉。這個念頭裡面也包含了些許的樂觀。

綸太郎夾在兩人之間走出旅館，不意外地在稍遠處看見一輛眼熟且違規停車的Skyline。丹尼斯．霍柏坐進駕駛座，綸太郎則跟電話亭大漢一起窩進後座。

丹尼斯．霍柏駕車由古川橋轉進明治大道。這人一邊握方向盤一邊嚼著薄荷口香糖，沒有半句廢話，駕駛時悠然自得，完全不受車流影響。

另一方面，電話亭則從口袋中拿出環狀的繩子，玩起翻花繩打發時間。這人的玩法不像孩童那麼單純，而是以複雜的高級技巧做出各種從未想像過的圖形。他的動作纖細優雅，與粗獷的手指不怎麼相稱。不知不覺間，綸太郎看電話亭的指技看得出了神。

Skyline過了新宿，看來丹尼斯．霍柏打算開往池袋方向。

他在一棟面向陽光大道的大廈前剎住，要綸太郎下車。這是棟由會員制健身俱樂部租下的大廈，入口有個看似警衛的男人。從警衛裝備齊全的樣子看來，這似乎是間相當高級的俱樂部，不是尋常人能隨意出沒的地方。

丹尼斯．霍柏與電話亭輕易通過櫃檯。兩人大概是常客，光靠臉就能過關。換綸太郎時，櫃檯女服務員露出親切的笑容便放行，看來他也沾了光。

三人搭電梯到地下室。他們一走進地下二樓的大廳，便能聽到嘩啦嘩啦的水聲傳來。電話亭打開通道盡頭一扇彩色的門，帶著綠色的照明隨即在水面的反射之下，化爲光的漣漪射向綸太郎的眼睛。

這裡是室內游泳池。

一名站在空曠池畔的男性，聽到開門聲後轉過頭來。緩步走來的他，生了雙炯炯有神的豹眼。

這人是名四十來歲的精壯男人，上半身是熨得平整的襯衫與領帶，下半身則穿著寬鬆的黑長褲。他的臉曬成典型的褐色，窄額頭，自然捲的頭髮有明顯的梳理痕跡，而且腳步充滿自信，尖銳的鞋音無比清晰。男人一走近，雙人組便恭敬地立正。

「突然找你來眞是抱歉。」男人的聲音有如不鏽鋼般冰冷而流暢，「我們這邊的行程實在難以調整，只好用這種方式請你過來。」

就在綸太郎猶豫該作何反應時，男人已命令丹尼斯・霍柏與電話亭大漢退下。兩人微微鞠躬，安靜退回大廳。

「看你的表情，我似乎得先自我介紹。」男人說道，「我叫高橋。我想你至少應該聽過這個名字。」

原來如此。綸太郎想起昨天從富樫口中聽到的話，也明白剛才雙人組爲什麼會笑了。他把水跟油弄反了。

「……我記得您是西村先生的老朋友，對吧？」

「沒錯。」高橋頷首，並且邀綸太郎到池畔。

「還眞是大費周章的邀請。」

「啊，你是指剛剛那兩人？」高橋說道，「不過，很有趣吧？」

「但這種手法不流行了。」

「因爲我聽說你是個浪漫的男人。」高橋並未感到不悅，「每個人的心底，都期盼著能遇上些偏離日常的場面，你也不例外。明明能簡單拒絕，卻還是特地來到這裡，表示你也對這場表演感興趣了吧？」

然而，綸太郎依舊摸不透邀請的目的。高橋與西村父女的案子無關，這點今天早上富樫已經承認了。既然如此，這場會面的用意何在？

高橋在池畔停步，綸太郎站在他身邊看向水面。

池中僅有一名穿白色泳褲的男子以捷式來回，也就是下樓後便沒停過的水聲源頭。這名年長的男子游得雖不快，體力卻很充沛。綸太郎看著他二十五公尺來回游了兩趟。這整層樓似乎被他包下了。

「在消息靈通的記者之間，出現奇妙的謠言。」高橋的視線沒離開水面，開口道，「說是我們家議員的地盤上發生命案，我在其中插了一腳。理由是爲了打擊齊明女學院的名聲，利用西村女兒的死，營造教師殺害學生的醜聞。甚至還有人聲稱，曾在那個女孩的葬禮後看見我與西村密談。眞是難以置信。我根本沒去西村女兒的葬禮。更何況，我至少有十年沒跟他見面了。」

「這點我從西村太太那裡聽說了。」

綸太郎一插嘴，高橋便瞄了他一眼。

「當然，只是謠言就無妨。」高橋看回水面，「若是毫無根據的謠言，放著不管遲早會消失。只不過，有人想要證明這個謠言。證明自然是絕無可能，但看起來像這麼一回事的謠言並不需要事實佐證。只要有人想證明，謠言就會成爲眞實，如果是你這種受媒體歡迎的人就更不用說了。我講明白點吧，法月老弟。只要你追究這個案子，無論結果如何都會替我們家議員添麻煩。議員對這件事非常在意。」

綸太郎正想反駁時，水中的男子攀著梯子上了岸。

儘管這人的年齡堪稱老人，那充滿威嚴的身體卻意外結實，肌肉也沒失去彈性。他並未試圖遮掩浮上皮膚表面的老人斑，斑點也未多到覆蓋整個身軀。那頭濕漉漉的銀髮，則像倒扣的碗般緊貼腦後。

高橋拿著毛巾走向老人。老人將宛如插在肩上的大頭轉了過來，接過遞出的毛巾。此時，他似乎注意到綸太郎。他拿下泳鏡，露出看似陷在肉裡的一對小眼睛。

高橋將綸太郎的身分告知老人，綸太郎隨即隱約聽到「還是個小伙子嘛」的話聲。老人以毛巾包住上半身，晃著身體朝綸太郎走了兩三步。

「我是油谷。」老人說道。他並未加上任何頭銜。身爲國家最高權力機關的一分子，不需要多餘的自我介紹。

「敝姓法月。」綸太郎雙腳併攏，對老人行了一禮。

「往前站一點。」老人以嘶啞的聲音說道，「時間不夠，所以我長話短說。聽說你對我進行不正當的抹黑，這是眞的嗎？」

「不是。」

「可是，我聽到了些不怎麼有趣的報告。你昨天不是跟齊明女學院的理事長見過面嗎？」

「這是事實。」綸太郎決定老實回應，「不過，我也是有自己的考量，才會接下調查工作，不會讓他們得逞。」

「但事情沒這麼簡單。他們打算從與你的意圖無關之處利用你。如果不想讓他們得逞，除了抽手之外別無他法。」

「我不想抽手。」綸太郎乾脆地說道，「而且，我也沒打算讓他們利用。除了智慧女神密涅瓦之外，沒有人能利用我。」

「聽到他說的話了嗎？」老人對高橋問道，口氣聽起來就像個欣賞調皮孫子的慈祥爺爺。「眞是個有志氣的小伙子。然而，不管多有志氣，若沒有實力就跟傻瓜沒兩樣。我說，法月老弟，既然敢誇口，表示你掌握了某些內情吧？」

綸太郎稍微考慮了一下後回答道：

「我有能讓齊明女學院理事長閉嘴的內幕。」這是指早上從長谷川冴子那裡得到的情報，「只要打出這張牌，對方便無法將我當成招攬觀眾的熊貓。」

老人的小眼睛頓時一亮。

「你口中的內幕，威力有多強大？」

「恕我無法透露。我也沒打算擔任您的馬前卒。」

「我的馬前卒？哈，小伙子胡吹大氣。」老人大笑出聲，「算了，無妨。雖然你有可能是虛張聲勢，但都說到這種程度了，我就相信你吧。相對地，我要告誡你一件事——別拿些無謂的小事給我找麻煩。」

「我從來沒打算替您添麻煩。」綸太郎堅定地回答。

「那麼，今後你務必牢牢記住這點。要是我想，我也能透過人脈對你的父親施壓。但我沒這麼做，選擇直接和你對話，是想建立彼此的信任。如果從背後施壓，就跟那些媒體沒什麼兩樣了。」老人嘀咕完，又補了一句，「特別注意，別隨那些傢伙起舞。」

「所有關於這個案子的採訪要求，我一律無視。」

「這麼很聰明。說穿了，我根本不相信什麼媒體。那些傢伙就跟寄生蟲沒兩樣，自己什麼東西也生不出來。我要說的就這些了。」

油谷對自己的話語點點頭，接著轉身走向置物櫃。但他突然停下腳步，將那顆大頭轉了過來。

「對了，聽說你在寫小說，是吧？都寫些什麼東西？」

「推理小說。」

「推理小說。」老人冷哼一聲，「抱歉，那些玩意我一本也沒看過，我認爲會讀什麼推理小說的傢伙，全是些左派的膽小鬼。雖然我不是說你……」突然，他的表情認眞起來。「話說回來，從現代年輕小說家的角度看，你認爲日本浪漫派如何？」

「在下才疏學淺，對那個領域不太清楚。」

「這可不行。」老人鄭重其事地說道，「這樣就沒資格當個小說家了。咬筆桿維生的人怎麼能不讀保田與重郎的書？我認爲該向日本浪漫派學習支撐往後日本的精神。正因爲時代如此，像你這樣的年輕人才該讀保田與重郎。這麼一來，你們就會明白該如何發揚自己國家的優點。」

「……日本浪漫派嗎？」

「時間差不多了。」高橋用讀舞台指示般的口吻說道。

「喔，我知道了。那麼再會，法月老弟，寫部好小說吧。還有，別忘了我剛才的忠告。」

老人晃著身子，從綸太郎眼前消失。

18

當老人的背影從置物間消失後，高橋無奈地歪頭。

「你這個不怕死的傢伙。他可是不會隨便找你這種人搭話的大人物，虧你敢用那種放肆的口氣說話。」

「是嗎？」綸太郎不服氣地說道，「日本浪漫派，不正是戰前天皇制法西斯主義的溫床？將日本的國政交給會若無其事說出那種話的人，眞的沒問題嗎？」

高橋微微一笑：

「就是因爲說出這種話，才會被人當成左派的膽小鬼。不過呢，這點先放一邊。」他突然收緊了嘴角，「我想問你一件事。說實在的，西村的案子究竟變成什麼樣子了？」

這個問題，說不定才是把他叫來的眞正目的。綸太郎突然有這種感覺。

「有了奇妙的發展。」

「意思是？」

「……或許會演變成一場風暴。」綸太郎曖昧地兜了個圈子，避免給出明確的答案，「話說回來，有件事想請您幫忙。」

「沒問題。」高橋說得鏗鏘有力，「有什麼我幫得上忙的地方？」

「我想跟您談談西村先生的事，能佔用您一點時間嗎？」

高橋拉起袖子，看向手表。

「三十分鐘左右還能奉陪，到樓上的交誼廳聊吧。」他說道。

兩人搭電梯到四樓。交誼廳裡有撞球台，布置成撞球酒吧風格。屋內還有個標示寫著「Loft49」。

他們在內部的談話室坐下。此處跟交誼廳之間有道門相隔，裡頭以不至於妨礙交談的音量播放著Windham Hill的樂曲。

高橋點了根菸，詢問綸太郎：

「你見過西村太太了，她的身體還是老樣子嗎？」

「是的。」

「沒辦法，畢竟醫生也說過沒有好轉的希望。」煙霧隨著嘆息而出，「雖說要聊西村，但我沒辦法回答最近的事。剛才也說過，我們很久沒見面，頂多就是互寄賀年卡。」

「爲什麼兩位會疏遠？」

「海繪車禍後，西村變得非常難以相處。儘管只是暫時，但那段時間確實很難跟他碰面，而且恰巧碰上我個人的轉折點。我當時剛從原先任職的廣告公司獨立開業，忙於自己的工作，和他接觸的機會自然就少了。」高橋略微思考後補充，「還有，結婚也是理由之一。」

突然間，某個念頭浮上綸太郎的意識表面，他認爲有一問的價值。

「話說回來，您認識矢島邦子小姐嗎？」

「嗯。」一如預期，高橋的音調變了，「她還是老樣子，會出入西村家，對吧？」

「是的。她目前代替太太留在醫院看顧西村先生。」

高橋皺起眉頭。

「你見過她了？」

綸太郎點點頭。

「您很在意她嗎？」

「嗯。」這次高橋沉默了一會，「她仍然姓矢島，對吧？」

「是的。」看來問到關鍵。

「我以前曾經認眞地向她求婚。」高橋說道。他不再用那不鏽鋼般的人工口氣說話。

「您向矢島小姐求婚？」

「沒錯。」

「如果您不介意，請讓我聽聽當年的事。」

「這是段老到發霉的往事了。」高橋又點根菸，「我們在高中時認識，當時大家還擁有夢幻般的青春。我和她不同班，但都待在學生會裡。當時西村是會長，矢島邦子是副會長，他們的成績都很好。我記得海繪是書記，舊姓好像叫永島。而我……不，實際上我根本不是學生會成員。我跟西村是同班好友，每天都窩在學生會辦公室。」

「西村先生與他太太當時就在交往了嗎？」

「其實是我跟矢島邦子撮合那兩人的。起初是海繪單戀……不，應該說西村這個遲鈍的男人沒察覺海繪的心意吧。於是海繪將自己的煩惱告訴矢島邦子，不用說矢島邦子當然選擇爲好友兩肋插刀。」

「原來如此。於是矢島小姐找上身爲西村先生好友的您幫忙。」

「就是這樣，這不是什麼稀奇的事。我跟她共謀，熱中於撮合那兩人，簡直像石坂洋次郎的小說一樣。」高橋說著說著瞇起眼睛，「當年的矢島邦子是個不讓鬚眉的強悍女孩。」

「現在似乎也是。」

「我們是對好搭檔，聯手做了不少事。爲了撮合那兩人，我們甚至假裝成一對戀人。後來我們的努力奏效，順利將西村與海繪湊在一起，但我沒收手。當然一開始只是爲了演戲才跟矢島邦子聯手，不過這場戲演到途中不再只是場戲。正因爲起頭，我才無法好好向矢島邦子坦白心意。儘管周圍的人包括西村他們全將我們當成一對，但實情並非如此。而我終於下定決心表白，是在高中畢業典禮那天。」

「您在那天向她求婚？」

「喂，我可沒有那麼輕率。」高橋的苦笑刻在臉上，「不過，在另一層意義上我確實很輕率。可能太自以爲是了，我理所當然認爲對方會說好。然而出乎意料，她當場拒絕了我，還說自己另有心上人，無法接受我的心意。你猜她喜歡的人是誰？」

「難道……」

「就是那個『難道』，她說她一直暗戀西村。我無法相信自己的耳朵，質問她爲什麼要撮合海繪跟西村，她說因爲海繪是她的好友。我直到現在還是無法了解那個年紀的女孩在想些什麼。」香菸的煙似乎在高橋搖頭時飄進了眼裡，他連連眨眼。

「之後呢？」

「然而，當時西村與海繪之間已經容不下別人，矢島邦子應該也明白才對。所以我告訴她，我會等到她改變心意。矢島邦子雖然回答『謝謝』，但似乎認爲絕對不會發生這種事。」

「在那之後，四位的關係有什麼變化嗎？」

「沒有。我們瞞著西村他們，因爲矢島邦子希望如此。即使高中畢業，我們表面上的友誼仍舊沒變，矢島邦子還是老樣子跟我十分要好。眞要說變化，就是四人裡只有我大學落榜而重考一年。隔年四月起，我得稱呼矢島邦子一聲學姊。

講得簡單一點，時間在東京奧運前後，我們的青春年華正値一個新舊事物交雜、人人不知所措的年代。現在檯面上那些傲慢的傢伙，當初全只是自大的小鬼頭，披頭四也被當作不成氣候的小伙子。

西村在T大法學部念英美法時沉迷英國政治史，決定留在大學繼續研究；身爲有錢人家次女的海繪，則在自家附近的貴族女子大學度過四年；矢島邦子則在W大的文學部念社會學。我雖然念W大的法文系，但很快就迷上戲劇而翹掉大部分的課，在分不清連音與省音的情況下畢了業。」高橋似乎很中意自己的修辭，輕輕搖晃起肩膀。

「您跟矢島小姐從未私下見過面嗎？」綸太郎問道。

「不，即使西村他們不在場，我們依舊常碰面，戲劇跟文學的話題聊也聊不完。或許也是因爲念同一所大學，我們對彼此沒什麼保留，這種關係就叫做孽緣吧。不過當時我不這麼認爲就是了。我還記得，我們雖然直來直往什麼都能說，卻總是留心別提到西村的事。」

「您是什麼時候向她求婚？」

「出社會以後。大學畢業後，我在朋友的介紹下進了某家廣告公司。當年這行雖然不像現在受學生歡迎，但的確是家好公司，不但有許多能幹的前輩，工作也十分有趣。在這段時間，我偶爾會和矢島邦子碰面。她比我早一年畢業，在兒童文學的出版社工作。」

高橋在椅子上坐實，把腳換一邊蹺後繼續說下去。

「那年夏天，我預支了頭四個月的薪水買戒指。雖然是顆便宜的石頭，卻有讓我這社會新鮮人瞠目結舌的價格。這是我歷時五年後的一大決心。我把矢島邦子約出來，什麼也沒說就將戒指交給她……然後她什麼也沒說就將戒指退回來。我說我會再等五年，矢島邦子只是咬著嘴唇搖頭。」

「她依然暗戀西村先生？」

高橋點頭。

「當時西村先生與海繪女士怎麼樣了？」

「取得雙方家裡的同意訂下了婚約。西村如願在研究所繼續用功，海繪畢業後則在老家從事類似英語補習班的工作，等待未婚夫成爲受人認可的學者。

但那兩人對於結婚慎重到讓周圍著急的程度。大概因爲海繪家裡有錢，西村不想讓人覺得他是爲了財產，決定等自己能以學問獨立後才結婚。後來他說要去倫敦留學時，我們費了好大的力氣想說服他至少先舉行婚禮，但那傢伙始終頑固地堅持己見。他就這樣將海繪留在日本，前往英國待了兩年，回國才終於結婚。當時已經二十八還二十九了吧。儘管西村也很不簡單，但最令人佩服的還是海繪。」

「矢島小姐沒試著對西村先生坦白自己的心意嗎？」

「嗯。西村留學前我想說服他先跟海繪舉行婚禮，他反而質問我爲什麼不和矢島邦子結婚。當時我實在無法回答，又不能說『都是你的錯』。到頭來，西村還是完全沒發現矢島邦子的心意。現在回想起來，老實告訴他或許對矢島邦子比較好。」

「回到先前的話題吧。」綸太郎說，「五年之後，您又向矢島小姐求婚了嗎？」

「不。」高橋搖頭，「當時正值西村他們結婚，在那時求婚就像乘虛而入，我不想這麼做，大概我變懦弱了吧。差不多就在那時，我在工作上開始不滿於現狀，認眞考慮起獨立開業。這件事就在我不斷錯過求婚機會的時候逐漸定案，於是我離開了任職的公司。這時資助我的人提出相親的事，儘管對方並未強迫，但這門親事對我而言確實很有幫助。」

「您怎麼告訴矢島小姐的？」

「當時我三十二歲，心想若要替長年來對矢島邦子的思慕之情做個了斷，這是最後的機會。我把一切賭在第三次，要把矢島邦子的心意弄清楚，如果她答應就回絕相親。然而事情半如我的預料，矢島邦子選了一條得不到回報的路。我告訴她沒有下一次了，矢島邦子點頭。事情就這樣結束，是個無趣的離別。」

高橋以短暫沉默包住回憶的苦澀。菸灰缸裡滿是捻熄的菸蒂。

「我很快就談好婚事，在秋天結婚。這段期間海繪不幸發生車禍，矢島邦子爲了安慰她常出入西村家。我則爲了避免和矢島邦子碰面而不再造訪。時光飛逝，在那之後已經十四年，我的長子也上了中學。

現在的工作？油谷議員在八〇年的眾參同日選舉活動時找上我，提拔我。之後承蒙他關照近十年了。矢島邦子這名字也被我擱下差不多十年……看來我年紀也大了。這段漫長的往事，或許會讓你覺得很無聊。」

「哪裡，光是能聽到矢島小姐的事，就給了我不小的幫助。」這不是場面話，是發自內心的感想。

高橋仔細打量綸太郎的眼睛，彷彿要讀取對方的思想。而他也眞的讀了出來。

「……看來你也跟我一樣爲矢島邦子感到頭痛呢。」

綸太郎咧嘴一笑。或許就是這項共通點讓高橋變得多話。

「最關鍵的西村則如同先前所言，我對他最近的事不太清楚。」高橋說道。他的口氣像是要替這場會談收尾，「至於西村的女兒賴子，我也只見過她小時候，是個長得像母親的可愛女孩。該說她怕生嗎？即使我拿糖果當禮物她也不肯靠近，始終不願離開西村的腿，是非常黏爸爸的孩子。苦心養大的女兒就那樣死了，西村想必很難受。我也不是不了解他的心情。」

高橋伸手看表。

「似乎聊得太起勁了，我該走了。」他的聲音逐漸恢復原先的冰冷。

「我還有件事想請教您。」

「什麼事？」

「您認不認識一位姓五十嵐的人？我聽說他是西村先生的老朋友。」

「五十嵐。五十嵐啊……」高橋以指尖畫圈，「我好像在哪聽過這個人……但實在想不起來。你問過海繪了嗎？」

「問過，她說沒印象。」

「這樣啊。」高橋歪頭思考，「我沒什麼自信。我姑且調查一下，但你最好別期待。」

「如果您有什麼頭緒，請聯絡這裡。」綸太郎將自家的電話號碼告訴高橋。

綸太郎離開交誼廳後搭乘電梯回到一樓，看見丹尼斯・霍柏跟電話亭等在那裡，而且電話亭的手指還是一樣纏著繩子。高橋命令兩人將綸太郎送回高輪。

回程車上，綸太郎問電話亭有沒有備用繩子，他看到後來也想自己試試看。壯漢這才終於露出潔白的牙齒，將手上的繩子交給綸太郎。

「弄你最擅長的試試。」

原來電話亭會說話。

綸太郎試著做出四階梯子後，電話亭再度發出鴿子般的笑聲，一步一步教他「密克羅尼西亞的退潮」怎麼弄。這種花樣雖然跟四階梯子很相似，但只要重複某個步驟就能無限增加階數，那一階階就代表海岸的岩石，換言之就是岩石在退潮時一個個冒出來的樣子。如果反過來減少階數就成了漲潮，十分合理。

「這是數學歸納法的拓樸形式。」電話亭如此說明。他跟外貌不同，是個有學養的男人。

回到旅館前時已經七點半。

「替您添麻煩了。」丹尼斯・霍柏老樣子地以咻咻聲說，「請替我們向您美麗的女朋友問好。」

綸太郎聳聳肩沒回答，就這麼下了車。他正要關門時，電話亭對他搭話。

「想到時就練習剛剛的步驟，持續下去就能讓手指記住動作，這麼一來就絕對不會忘記。」

綸太郎點點頭，說了聲「數學歸納法的拓樸形式，對吧。」並微笑。Skyline離去，只留下電話亭那口白牙的殘影。

綸太郎為了保險起見走進大廳，因為高田青年說不定還在裡面。他很走運，高田確實在等他。

19

「沒事吧？」高田問，「看見那些可疑的傢伙把你帶走，讓我很擔心你的安危。他們到底是什麼人？」

綸太郎簡單扼要地解釋，並問高田對高橋這人有沒有印象。

「我聽過這個名字但沒見過，那個男人跟命案有關嗎？」

「他的目的似乎就是要讓我明白他跟命案無關。雖然光是聽到有意思的事就算不虛此行，但也替你添麻煩了。實在非常抱歉。」

「沒關係。」高田揮了揮手。

「你一直在這裡等嗎？」

「嗯，我也想過被留在這裡該怎麼辦，但一來我不知道如何是好，二來大概也沒有比等待更好的辦法。」

儘管他的口氣聽起來不太在意，但終究還是等了兩個半小時，因此綸太郎再度鄭重謝罪。

「沒關係，我正好能檢查收到的原稿。」高田認眞地說，「教授手記的事比較重要。」

他講的沒錯，兩人碰面是爲了討論這件事。

「讓你等了兩個半小時還問這種問題似乎不太好，但你時間上沒問題嗎？」

「嗯，我今天沒有其他行程，趕得上最後一班電車就好。」

「換個能夠不管雜音慢慢談的地方吧，這附近有好地點嗎？」

「我知道一家不錯的店，只是有點遠。」

「我有車，帶路吧。」

兩人來到三田一家叫「KING KONG」的店。這間小餐館裡放著巴洛克音樂，安靜得與名字不太相稱，明亮的店內沒多少客人。

「西村先生的狀況如何？」兩人在角落坐下並點完菜後，綸太郎問道。

「恢復得很順利，醫生說明天早上會將他從加護病房轉到普通病房。」

「那就好。」

高田的表情五味雜陳。

「下午縣警好像要偵訊他。」

「比預期的還快不少呢。」

「上頭似乎給了很大的壓力。」高田的表情愈顯複雜。

沒時間慢慢準備了。綸太郎攤開帶來的西村悠史手記複本。

「那我們進入正題吧。接下來要從這份手記出發，試著以新觀點重新審視這一連串的事件。如果我們對彼此暢所欲言，應該能找出事情的眞相才對。我先講自己的想法，內容的對錯就麻煩你判斷了。」

高田一臉緊張地點點頭。

「我的出發點，就是昨天提過的八月二十六日記述後半某一行。正如所發現的，西村先生在那裡犯下了明顯的錯誤。

『……我在大前天的文章中，曾試著對這個理所當然的疑問提出一項有力的假設。』

寫下這句話後，西村先生重新提出齊明女學院對警方不當施壓的可能性，但實際上他在手記中表明這項懷疑的時間是八月二十四日。對應記述就在該日的倒數第五段。

換言之，那是從二十六日算起的『前天』，絕非他寫的『大前天』。這點是手記本身的矛盾。

如果疑點僅止這裡，那麼頂多是微小的謬誤，也許是單純記錯或筆誤，不會影響整份手記的可信度。人的所作所爲往往伴隨疏失，很可能是他弄錯日期，算不上什麼需要留心的地方。

然而還有另一個問題引起我的注意，就是每日的記述長度。

首先是關鍵的八月二十六日，當日的記述文字量非常多，是整份手記中最耗紙張的一日。開頭寫完賴子小姐葬禮的事，剩餘六分之五的內容是推論神祕兇手身分的過程。

另一方面，隔天二十七日是整份手記之中記述最短的一日。不用說，這天正是西村先生發現柊伸之這個目標的重要日子。

讓我們進一步研究這兩天的記錄。

首先是二十六日，我對這天格外長的篇幅存疑。請試著想想當天西村先生的狀態。當天有賴子小姐的葬禮，他到晚上不應該身心俱疲嗎？這是個單純的精力問題——他還有足以絞盡腦汁鎖定犯人的力氣嗎？

接下來對於二十七日的疑問，則與前面剛好相反。當日的記述爲何這麼短，從頭到尾只有單純列舉事實？既然因爲找到殺害賴子小姐的兇手而雀躍，會想寫下更多事也很合理吧？以人類的心理來看，這才自然。話雖如此，這天的記述卻非常短，短得不自然。

二十六日的記述太長，二十七日的記述太短。如果將這兩天的記述取平均，正好能得出合理的一天份記述量。

讓我們根據這點重新考慮剛才的日期錯誤意義何在。西村先生在二十六日的記述後半，將『前天』誤寫爲『大前天』。但是，如果那並非筆誤呢？換句話說，這裡出現疑點。關於西村先生二十六日的記述……至少後半部有可能是二十七日補寫而成。」

綸太郎說到這裡暫且打住，尋求高田青年的意見。

「我在意的也是這點。」高田一副絞盡腦汁後才得到答案似的口氣，「我沒考慮到記述的長短，但二十六日記述中的推論未免太準確，隱約散發出過於刻意的味道。比方說，有一段提到賴子小姐將自行車留在家裡，並由此推論犯人住在高台，這類橋段特別有完美過頭的感覺，簡直像是後見之明得來的邏輯……」

「後見之明得來的邏輯嗎？原來如此，說得好。恐怕你的推測沒錯，西村先生想必是從跟女兒同學的對話找出柊伸之這個目標後，才將後續記述補寫至前一天底下，假裝自己事先設想的兇手形象與柊一致。說得簡單點，就是先有結論才反過來推導適合條件。因此推論全部命中沒什麼好奇怪，二十六日的記述多出補寫的長度也是理所當然。」

「爲此耗費的時間，導致二十七日的記述變得很趕，是吧？」高田露出領會的表情點點頭，但他緊接著提出疑問，「可是教授爲什麼要動這種手腳？」

「爲了讓手記的讀者相信柊伸之才是殺害賴子小姐的人。」綸太郎斬釘截鐵地說，「他要避免柊出現得過於突兀，因此假裝成一無所知的狀態提供一份指向柊的資料，讓讀者對這人有成見。換言之這是一場巧妙的表演，他要在自己發現柊的二十七日，讓讀者也認爲兇手非柊莫屬。就這點而言能得到一個結論——這份手記打從開始執筆時就考慮到讀者的存在。」

高田沒掩飾臉上的混亂。

「……既然如此，該不會那個『Fail · Safe』作戰也別有用心？」

「沒錯。他爲了隱瞞自己的眞正意圖，在文中一再強調自己若無法滿足充分條件就不會殺人，這麼做不僅能故佈疑陣，也成了在手記裡編造柊認罪橋段的準備工作。換句話說，所謂的『Fail · Safe』作戰是道保險，目的並非保護西村先生的良心，是爲了避免讀者對『柊是兇手』這個定論起疑。」

「難道柊並非殺害賴子小姐的兇手……」高田說到一半便無以爲繼。

「就是這樣。」綸太郎舔舔嘴唇，「西村先生早已明白這點，柊伸之正是他爲了嫁禍而刻意挑選的犧牲者。」

「那教授一開始就知道殺害賴子小姐的眞兇？」

綸太郎頷首。

「……他爲了袒護兇手，將無辜的柊伸之包裝成殺人犯？」高田的聲音愈來愈悲痛。

「可以這麼說。」

「請等一下。」高田拚命整理思緒並問道，「……可是，這麼一來讓賴子小姐懷孕的男性也可能另有他人，案情不就回到原點嗎？」

「不，至少這點已經有結論。」綸太郎回答，「警察在柊的住處找到賴子小姐的第一份診斷證明。而從學生與前未婚妻的證言可知，柊以前也惹過這種麻煩。因此我認爲賴子小姐在二十一日的晚上確實造訪過綠北之家，命案應該發生在她與柊分開之後。」

高田額間刻著象徵疑惑的皺紋。

「……教授究竟想袒護誰？」他自問般地低語。

「你覺得是誰？」

「說到教授不惜殺人也想袒護的對象……」他眼中晃過一道沉重的光芒，接著吞吞吐吐地說，「難道是太太將賴子小姐……」

綸太郎搖頭。

「不可能，憑她的身體無法掐死賴子小姐。」他頓了一拍後問高田，「你現在有交往的異性嗎？」

「沒有。」高田答得不太乾脆，「那又怎麼樣？」

「……說不定是你殺了賴子小姐。」

高田大吃一驚。

「我?!這太蠢了，爲什麼我非殺賴子小姐不可？」

「這樣的劇本如何？你似乎從很久以前就開始出入西村家，對吧？讓我們假設一下，沒女友的你在不知不覺間對賴子小姐有了淡淡的愛意。」

高田半開著嘴，一副不知所措的表情，顯然無法打從心底否認這點。

「二十一日晚上，偶然在那座公園散步的你，撞見從柊住處回家的賴子小姐。你覺得她的樣子不尋常，當場逼問她怎麼回事。賴子將你當成哥哥般信任，因此坦承了一切。她的告白讓你大受打擊，少女平日的可愛化為了百倍的可恨，無法克制的你當場掐死了她。」

高田臉色慘白，嘴唇也緊抿成一條細線。

「你扔下屍體逃跑，但無法承受良心苛責而決定向她的父親坦白一切，因為在你心中，西村教授不僅是授業之師更是人生導師。他聽完後大吃一驚，卻不願將你交給司法處置。即使有殺女之恨，他依舊將你視如己出，因此他不願連你也失去。

追根究柢最可恨的是那個讓女兒懷孕的男人——西村先生想必這麼認為。他制定了一個一石二鳥的計畫，既能對那個男人復仇又能包庇你的罪行。而計畫成果，就是這份手記中以謊言鞏固的復仇故事……這樣的劇本如何？」

高田當場傻眼。臉色恢復後，他問綸太郎：

「您眞的懷疑我嗎？」

「當然不是。」綸太郎乾脆地表明立場。

「那為什麼要編造這種故事……？」

「為了保險起見，我想確認一下你的反應……實際上是想徹底排除你參與犯案的可能性。」綸太郎安撫高田，「還有，我剛剛講的劇本打從一開始就無法成立。就算先不管『無法解釋你爲什麼偶然出現在離家遙遠的公園』這點，也找不到西村先生拋下海繪女士自殺的理由。而且，這個劇本也無法解釋貓爲何遭到殺害。」

「您說貓？」

綸太郎告訴他，自己在西村家庭院中挖出了失蹤的布萊恩屍體。

「……所以，跟森村小姐的證言對照之後，我想布萊恩大概在二十一日晚上就遭到殺害。」

高田大惑不解。

「爲什麼教授要僞造事實，寫自己在二十二日晚上餵過布萊恩？」

「應該是怕有人將布萊恩失蹤與賴子小姐命案連在一起。他必定想讓讀者以爲二十二日晚上布萊恩還在家裡，藉此轉移焦點。」綸太郎頓了一下，鄭重其事地補充，「布萊恩是被飼主牽連而遭到殺害。」

高田的臉色宛如暴露在濃濃氯氣中一般地瞬間慘白。

「這麼說……」

「是的，賴子小姐當晚是在家中遇害。兇手除了父親西村先生外，別無他人。」

20

看樣子高田青年雖具洞察力，卻完全沒預料到這個結論。他此刻的震驚，遠比剛才自己被當成殺人兇手時激烈得多。

「絕對不可能。」

他脹紅著臉，像個喝醉的孩子般反駁。綸太郎則機械式地搖搖頭潑他冷水。

「試試把剛才那套劇本中你的角色代換成西村先生，應該能替所有的疑問找出合理解釋。」

「我不相信。」

「二十一日晚上，賴子小姐從柊伸之的住處直接回家。」綸太郎說道，「感覺女兒不對勁的西村先生，想必對賴子小姐嚴加逼問；身為父親，這是理所當然。然而，假如當時還處於興奮狀態的賴子小姐不慎將懷孕一事說溜嘴？

西村先生聽到後因為過度震驚而失控，一氣之下掐死了賴子小姐。他氣得甚至連問出對方名字都忘了，因此我認為他原先沒有明確的殺意。如果當時就問出柊的名字，應該沒必要玩弄『補寫二十六日記述』這種小把戲。正好在場的布萊恩雖然想救飼主，卻遭池魚之殃而死。那時房間裡的海繪女士大概已經入睡，別說命案了，她連賴子小姐回到家都沒發現。」

「這全都只是你的臆測。」高田插嘴。

「他趁夜用車將賴子小姐的屍體運到公園，將布萊恩埋在庭院，不用說是爲了隱瞞命案現場在自宅這點。然而西村先生當時太過慌張，沒想到將賴子小姐的自行車一併帶去公園；後來他發現自己的失誤，將陡坡與高台的推理寫在手記中巧妙地掩飾過去。

接下來西村先生徹夜思考如何善後，恐怕他當晚就已決心自殺，負起親手殺害女兒的責任。但他不能揹著殺女之父的污名告別人世，特別是這樣會讓他無法面對海繪女士。

不僅如此，他也無法原諒讓賴子小姐懷孕的男人。那人就算並未實際動手殺人，依舊是一切的源頭，西村先生無法眼睜睜看著那人逍遙法外。

於是他在一夜之間完成了這個增訂的殺人計畫。當然他還不曉得柊這個人因此無法確定細節，但大綱應該在二十一日的晚上就完成才對。換言之，他要找出那個可恨的男人，嫁禍給他並殺掉他，同時還能在夫人前保住面子……可說是一舉兩得。於是他利用了爲女復仇的美名執行計畫。」

「不是這樣，不是這樣……」

高田以全身的動作強烈否定綸太郎的每一條推理，彷彿這麼做就能將綸太郎口中的一切事實化爲虛假的惡夢。

「計畫最重要的部分就是這份手記。這麼做並非出於『演出一場形式上的假自殺藉此博取同情保命』這種權宜之計，而是爲了讓所有人都相信自己編造的劇本是唯一眞相，因此付出自己的生命留下這份手記。他要利用自己的死保證手記可靠。

確實，乍看之下這份手記沒什麼可置喙之處，這是理所當然的反應，也是西村先生的目的。我們很容易相信一個豁出性命的人絕對誠實，而且沒人會想到一個犯下自白殺人的人，居然試圖用命案隱藏另一件命案。此外，他還巧妙地在手記裡安排了許多轉移讀者注意力的障眼法。」

高田否定這些推理的動作終於消失在自己的疑慮裡。他連遮住耳朵都辦不到，只能緊握雙拳死盯著綸太郎的眼睛。

綸太郎繼續說：

「障眼法最關鍵的部分，就是他在殺害柊之前爲了選太太還是選賴子而深深苦惱那段記述。但實際上他一開始就是以自殺爲前提編寫劇本、撰寫手記，在緊要關頭猶豫根本不合理。對本人而言，這應該是毫無意義的提問；但在讀者眼中，那一段是手記後半的情感高潮，具備提升整份手記可信度的效果。

剛才提過的『Fail · Safe』作戰，或許也相同。關於自行車的推理也一樣。還有一點是我的推測，八月二十九日的記述中，有段柊伸之差點被車撞而對駕駛發怒的場面吧？那可能也是西村先生的創作。這種日常描寫無法在日後確認是否發生，它本身雖然本無足輕重，卻能說服讀者。請想想看，文中還有其他顯示柊性格凶暴的場面嗎？

以上那些都只是西村先生詭計的一部分。這些手法他不只用在手記裡，實際生活中同樣徹底執行。我必須對他的計算致敬，最巧妙的謊言，就是裹在眞相之中的謊言。如果他沒犯下寫錯日期這種微小的錯誤，想必連我也會打從心底相信這份手記的內容。」

綸太郎這才停下，等待對方的回應。高田顯得十分動搖，但依舊不改一開始的態度，堅信教授不可能殺害賴子小姐。

「我無法接受。」

「請提出具體的反駁。」綸太郎說道。

高田繃著臉沉吟一會，臉上表情似乎渲染到了全身。他不斷地思考，交握的雙手不斷以肘爲支點敲在自己的額頭上，最後終於開了口：

「知道警方打算將賴子小姐的命案當成變態所爲，爲什麼教授不終止你所謂的『計畫』。如果定調爲過路魔犯案，應該沒有人會懷疑到父親身上才對。若不是害怕自己的罪行曝光，沒必要殺更多的人。」

這是個經過深思熟慮的批評，但綸太郎早已準備好答案。

「但這麼一來就得放過讓賴子小姐懷孕的男人，這無法滿足西村先生。

何況無論警方採取怎樣的調查方針，想來都無法影響西村先生的自殺決心。刑事訴訟的有無並不重要，他內心的掙扎才是命案核心。多了『無法指望警察的孤獨追蹤』這個屬性，反倒提升了他這份手記的眞實性。」

高田搖頭，看起來毫無退讓的打算。

「你的推理確實精確而敏銳，這點我承認。不過……」

「不過怎樣？」

「你的推理中……」高田猶豫了一下，接著終於找到合適的詞，「少了西村教授的位置。」

「西村先生的位置？」

「嗯，你不認識教授。知道他爲人的人，絕不會認同這種劇本。」高田開始加強自身話語中的意志，「教授不是那種卑鄙的人。在某些場合下，教授或許會用上你說的那些詭計；但就算如此，背後應該也有不得不爲的複雜原因。因爲賴子小姐懷孕便氣急敗壞地殺人、爲了嫁禍他人而撰寫手記，他絕不會做出這種卑劣的行爲。我想告訴你的就是這點。」

綸太郎認爲這番話很有說服力。這不是盲目包庇，只有長時間師事西村悠史的人才說得出這種話。相對之下，綸太郎甚至還沒跟當事人交談過。

「不得不爲的複雜原因嗎……」

兩人用一副理所當然的樣子分別陷入沉默。既像猶豫又似迷惘的陰霾在高田臉上飄盪，吸引綸太郎的目光。綸太郎心想，對這名青年坦白自己的想法果然沒錯。高田正確地指出了他的邏輯弱點。

但另一方面，綸太郎也明白自己的推理方向正確無誤。之所以無法觸及眞相，是因爲還差了某個環節。讓西村悠史人格產生決定性扭曲的楔子，應該就釘在某處。只要明白那根楔子位於何處，就能打通所有環節。

綸太郎打破沉默。

「你對五十嵐這個名字有沒有印象？」

「五十嵐？沒有。」高田抬起臉後搖搖頭，「這是怎麼回事？」

綸太郎將自己在原宿從松田卓也口中聽來的事，原封不動地告訴高田。後者臉上又出現新的疑惑。

「您的意思是，那個叫五十嵐的中年男人跟這一連串的事件有關？」

「雖然沒有證據，但我有這種感覺。」經過與高田的對談後，這個念頭更強了，「如果你見到了矢島邦子小姐，能不能替我問她？她或許知道些什麼。」

「不過，太太說過她沒印象，不是嗎？我不認爲矢島小姐會知道。」

或許如此。

但聽完高橋的話，綸太郎的懷疑轉向矢島邦子。昨天出現那麼激動的拒絕反應，不正是因爲她知道某些情報嗎？比方說某些對西村悠史不利的事實。如果事情如綸太郎所料，矢島邦子正拚了命地保護西村悠史……免於遭到某些尙未現形的眞相所傷。

兩人離開「KING KONG」。他們不記得自己吃了什麼。綸太郎開車將高田送回町田的租屋。青年變得自我封閉，在車上幾乎沒開過口。
分別時，綸太郎拜託高田將今天的事轉告矢島邦子，並且告訴邦子自己想見她。
「我知道了。」高田一直陰沉到最後。綸太郎目送他離去，接著讓愛快羅密歐迴轉。

他回到家時已經十一點。
「還眞晚啊。」法月警視說道，「如何？瞧你一臉疲倦的樣子。」
綸太郎只是聳聳肩，沒有回答。或許是從兒子的態度看出端倪，警視並未追問，而從冰箱拿出啤酒扔給綸太郎。
綸太郎拉開拉環以嘴承接泡沫，接著習慣性地看向電話，答錄鍵並未浮起且留言燈號在閃爍。
「爸爸，你今天出過門嗎？」
「沒有。」
「可是，電話轉到答錄機上了。」
「喔，因爲電視台跟八卦雜誌的採訪要求沒完沒了，我嫌一一接聽很麻煩才這麼做。你拒絕採訪是無妨，但如果不想個辦法應付他們，家裡的電話可就沒辦法用嘍。」
「抱歉。」綸太郎連聽都沒聽就打算把留言全部清掉。
「啊，慢著。」警視突然大喊出聲，「剛才來了通有意思的電話。」

「有意思？」

「一個中年男人打來的，跟媒體無關。他提到了某個叫五十嵐的男人，留言應該在後面的部分。」

高橋想起五十嵐的身分了！綸太郎按下播放鍵。

留言錄在帶子的最後面。綸太郎豎起耳朵聆聽高橋的不鏽鋼聲。

「我是高橋。」他咳了一聲，「之後我立刻去查了關於五十嵐的事。雖然以前的朋友裡沒有這個姓，但我想到其他可能。十四年前撞倒海繪的麵包車駕駛就是姓五十嵐，我記得他應該是叫五十嵐民雄。這樣就行了吧？」嗶一聲響起，機器停止播放。

第五部　真相

每當妳的母親
帶著蠟燭的火光
漫步入房，
我總會以爲妳
跟在母親的身旁
飛奔入房，
一如往昔時光。

——《悼亡兒之歌》

21

綸太郎將錄音帶倒回去，重新確認一次高橋的留言。「十四年前撞倒海繪的麵包車駕駛就是姓五十嵐。」沒錯，去年十月西村賴子跟過去害母親變成現在這樣的人見面。

不過，這是爲什麼？

想得到的理由只有一個。西村賴子想調查某些跟十四年前那場車禍有關的事，而這件事必然無法詢問雙親。若非如此，她不會特地跟加害者見面。恐怕西村夫妻並未察覺女兒跟「五十嵐」見過面。

根據松田卓也所言，他和西村賴子的來往於去年暑假時突然中斷。而卓也在澀谷看見「五十嵐」，則是約兩個月後的事。

西村賴子和卓也的來往，總算給了女孩一個與內心糾葛妥協的機會。兩人的來往劃下休止符後，「五十嵐」登場了。這並非偶然。

其中不能放過的關鍵，就是兩人來往結束之前卓也對西村賴子的忠告。「伯母身體不好不是妳的錯，一直放在心上也不是辦法。她聽完後便露出奇怪的表情回家了。」從那之後，女孩便不再和卓也見面。

西村海繪身體不好，是因爲十四年前的車禍。而「五十嵐」正是那場車禍的加害者。

已故女孩的煩惱根源，勢必得追溯到十四年前。母親的車禍似乎對現在的事件有所影響……

思緒走到這裡時，綸太郎腦中某個角落突然湧出疑問。西村海繪爲什麼會忘記撞倒自己的男人名字？但這不需要多想。人類的大腦，會下意識替過去的不快記憶蓋上一層厚重帷幕。

總之非得跟「五十嵐」談談不可，有必要找出西村賴子究竟想調查什麼，因此得找出那個男人的所在地，而且愈快愈好。明天下午，綠北署刑警就會開始偵訊西村悠史。綸太郎希望能搶在他們之前掌握事件眞相，與西村一對一談話。

即使車禍已是十四年前的事，綠北署應該還有保留當時的調查報告。加害者的身分來歷應該也記載在裡面。但綸太郎要撥電話詢問時卻猶豫了。他的名字現在多半列入綠北署的「不受歡迎人物」名單，實在無法期待對方好好回答問題。

綸太郎抓著話筒考慮了一會。這種時候就需要二十四小時營業的情報掮客朋友，他馬上想到一個雖然算不上好選擇但能利用的男人。他照著名片上的號碼撥打《週刊先驅》編輯部的直通電話。就給馬克士威妖一個有意義的「工作」吧。

電話響了約有十聲，但是沒人接。畢竟是星期日晚上，果然沒人在嗎？綸太郎正死了心打算掛回話筒時，總算聽到有人接起電話的聲音。

「你好，這裡是《週刊先驅》編輯部。」

應答者冷淡到極點，但綸太郎很走運，那是富樫的聲音。

「幸好你在。我是法月。」

「什麼？」富樫發出無奈的呻吟，「喂，你以爲現在幾點啊？」

「這是今天早上的回禮。」綸太郎回道，「其實我有件事想拜託你。」

「拜託？八成有關西村悠史的案子吧。今天早上也跟你說過，我完全抽手了。說了不會再纏著你吧？」

「那是你的自由，然而我也有話要說，畢竟你還欠我一筆帳。剛剛有兩個不怎麼友善的人綁架我，把我帶到傳聞中的油谷議員面前。」

「你還眞倒楣呢。」

「對方不知爲何曉得我開哪輛車，該不會是你爲了對我洩憤而向他們密告愛快羅密歐的事吧？」

「喂喂喂，話可別亂說。」富樫佯裝不知，「就算我退一百步承認你說的事好了，欠你的帳也早還清啦。你以爲是誰告訴你長谷川冴子的名字和地址啊？」

「我見過她了。」綸太郎說道，「她說的話確實有幫助，但你那麼做是在報復水澤理事長吧？這算不上還債，你欠的帳我現在才要叫你還。」

「你這人還眞是小心眼。算啦，既然說到這種程度我就接下吧。你要我做什麼？」

「十四年前，西村夫人曾經遭麵包車撞倒，對吧？我希望你調查那輛車的駕駛現在在哪裡。」

冨樫滿腹狐疑。

「你調查這種東西幹嘛？」

「那是我的事。你已經從這個案子抽手了吧？還是別問太多比較好。」

「嗯，我明白啦。」眞的明白嗎？聽起來就讓人無法信任。「有沒有任何關於那個駕駛的線索？」

「只知道名字。五十嵐民雄。」

「五十嵐民雄。就這樣？」

「就這樣。」

「眞沒辦法。車禍發生在十四年前，對吧？」

「五月。」

「ＯＫ，我從報紙的縮印版開始找找看。查出住址就打電話到你家，對吧？」

「麻煩最慢明天早上告訴我。」

「喂，這也太過分了吧。」冨樫大吃一驚，「馬上就是大家熟睡的時間耶，哪可能那麼快啊。」

「過分也無妨，拜託了。」綸太郎說完這句就掛掉電話。

還有一件非得在今晚擺平的工作，就是完成泳池畔的誓言。綸太郎窩進自己房間，打開文字處理器的電源。距離他上一次面對螢幕已有五十個小時了。

他敲了約三十分鐘的鍵盤後聽到敲門聲。接著法月警視走進房間，探頭看向文字處理器的畫面。

「你居然進展得這麼順利，眞稀奇。」警視說道，「不過，案件結束了嗎？」

「不，這不是小說的原稿。我正在打要交給齊明女學院理事長的報告書。」

「報告書？案件已經解決嘍？」

「還沒。」

「那你在打什麼？期中報告嗎？」

「最後通牒。」

法月警視聳聳肩。

「……知道啦。我不打擾你，等案子解決後記得好好解釋。」他說完便離開房間。

綸太郎重新坐好，將目光移回畫面上。

說最後通牒絕不誇張。他打算用這份報告書解決來自齊明女學院的壓力。講難聽一點，內容非常偏頗，完全沒觸及他在「KING KONG」跟高田青年談到的推理。

報告的重點有三——首先是確認松田卓也並未與西村賴子發生關係，插入一些在原宿訪問卓也的內容。

再來是強調西村悠史的犯行純粹基於個人動機，否定反齊明女學院活動的存在。附上訪問高橋的內容摘要。

第三點，這點最重要。有關柊伸之人格的證言，得自長谷川冴子。包括他跟學生發生關係的前科，以及看不出反省之意等等。

報告中更指出柊跟理事長有肉體關係，而且這段關係可能一直持續到最近。綸太郎眼前浮現理事長看到這段的驚訝表情。

「就以上三點來看——」綸太郎按下換行繼續撰文，「無法否定『柊老師與西村賴子之間有肉體關係』這項事實。因此，報告者將『主張柊老師完全清白』一事當作違背眞相的非法行爲。

此外由上述的第三點可知，貴委託人故意將有關調查對象的重要情報隱瞞報告者。根據這兩點，報告者爲避免違反公序暨誠信原則，拒絕繼續本項委託。

報告者基於以上判斷，對貴委託人進行以下要求。⑴立刻撤回本案的調查委託。⑵盡快將前述事實通知各新聞媒體。

若無法滿足這兩項要求，報告者將透過各新聞媒體發表本文的複本。」

綸太郎以信紙將完成文章印兩份，結尾處分別補上日期與自己的名字。他將一份放進寫著「致齊明女學院理事長　水澤惠里子女士」的信封裡封好。

明天早上，他會將這份報告交給齊明女學院。理事長應該不會想對外界公開她跟柊伸之的肉體關係。這樣來自齊明女學院的非難應該會平息。綸太郎祈禱事情能順利。

綸太郎將另一份打洞後裝進專用資料夾。他正打算收起資料夾時，突然想起西村賴子的診斷證明。報告書的複本與兩份診斷證明……

某種出乎意料的想法，此時出現於綸太郎腦中。

22

隔天星期一的早晨，綸太郎起得很早。從睜開眼睛起，他就隱約有種案情將出現決定性發展的預感。靜不下來的他煮了好幾杯咖啡，還被上班前的警視警告。

九點二十七分富樫來了電話。

「找到五十嵐民雄的所在之處嘍。」

「眞的嗎？」綸太郎不由得問道。

「你自己拜託的事還問什麼眞的嗎，準備好紙筆吧。先從確認名字開始，五十嵐民雄，五十嵐加上人民的英雄取其中兩個字，民雄。聯絡電話是……」富樫唸出以區域碼〇二六八起頭的號碼。

「〇二六八？哪裡的號碼？」

「長野縣上田市。五十嵐在當地一家叫沖津製麵的食品公司工作，剛剛那是事務所的代表號。」

「你怎麼查到的？」

「要我教你嗎？」富樫彷彿吊胃口般地壓低聲音，「我查了以前的記錄，發現車禍時五十嵐在川崎市內某家事務機器製造商的營業所工作，昨晚找到的就只有這樣。今天一早我就撥電話給那家營業所，詢問五十嵐的事。

車禍後沒多久五十嵐民雄便遭公司解雇，幸好有個老員工清楚他之後的事。據說五十嵐老婆的娘家經營製麵工廠，他似乎決定去那邊從頭開始。那位老員工好像跟五十嵐私交甚篤，現在還是偶爾會有信件來往。於是我又查到了他老婆娘家經營的公司地點。沒想到一通電話就有這麼多收穫，我可眞走運。」富樫一副自吹自擂的口氣。

「慢著。」綸太郎說道，「被害者受到讓她半身不遂的重傷，五十嵐難道沒被判刑？」

「雖然檢方以業務過失傷害罪起訴，但法院判有期徒刑且可緩刑，讓五十嵐免於坐牢。由於兩造順利和解，加上受害者方也有過失，因此判得比較輕。不過肇事的麵包車屬於公司，有監督責任的公司支付了一大筆賠償金，他會遭到解雇的原因似乎在此。上面都是聽那個員工說的。五十嵐好像是熱心工作又講義氣的男人。車禍時他正逢厄年（註），現在應該五十五、五十六了吧。」

註：相當於犯太歲，日本男性厄年爲二十五歲、四十二歲、六十一歲。

「你確認過五十嵐是否還在沖津製麵嗎？」

「是啊，我剛剛也打電話確認過。本人還沒進公司，但我問了接電話的女孩子。現在差不多到了吧。」

雖說運氣很好，但老實說綸太郎沒想到冨樫辦事居然這麼周全。

「非常感謝你的幫忙。」

「喔？原來你也能誠心道謝啊？」冨樫調侃他，「不過，你打算找五十嵐問什麼？如果這次的案件跟十四年前母親的車禍有關，那我也不能袖手旁觀了。」

「你還是別碰比較好。」綸太郎嚴重警告對方，「沒你的事了。如果因爲好奇而插手，可會倒大楣。」

「我知道。」冨樫意外地妥協了，「這件事就當成你欠我的人情，畢竟這個世界就是要靠人脈嘛。總有一天我要寫篇關於你的報導。祈禱我倆今後能繼續合作下去吧。」

冨樫掛斷電話。

綸太郎沒有放下話筒，立刻撥電話到上田市的沖津製麵。

接電話的是個女孩子，聲音有如土製鈴鐺般清脆。綸太郎一問五十嵐民雄先生在不在，她便回問是不是剛才那位先生。

「不是，但目的一樣。敝人是東京的法月，要談的事情有點複雜，麻煩妳請本人來聽電話。」

「請稍等。」

對方似乎以手遮住話筒，但呼喚五十嵐的聲音仍舊隱約傳過來，想必職場充滿了家庭氣氛。轉交話筒的聲音響起後，一名上了年紀的男人開口：

「我是五十嵐。你是東京的森口先生（註）？」

「敝姓法月。」綸太郎出言訂正，「百忙之中突然撥電話打擾，實在很抱歉。我很明白自己有失禮數，但有件事非請教您不可。您認識一位名叫西村賴子的少女嗎？」

五十嵐呻吟似地嘆息，那聲音讓人聯想到遇熱融化的冰塊。

「……你還眞清楚啊。」回答裡帶著警戒和遲疑。

「上個月二十一日的晚上，她在橫濱市內的公園遭某人殺害，這件事您曉得嗎？」

「我在報上看到了。」五十嵐壓低聲音，大概怕周圍聽到。「你是法月先生吧，找我究竟有什麼事？」

「抱歉忘了提，我以私人立場調查這件命案，不過請您別擔心。爲了查清她喪命的眞相，無論如何都需要您的協助。」

五十嵐猶豫了一會兒後，提出疑問。

「……那件命案的兇手不是學校老師嗎？」

註：森口和法月的日文發音很接近。

「這件事有些微妙的發展。」綸太郎單刀直入，「我懷疑十四年前母親碰上的車禍跟這次的命案有關。」

隔著電話能聽到五十嵐倒抽了一口氣，接著是一陣能切身感受到對方心臟悸動的沉默。背景還傳來其他電話的鈴聲。

一會後，五十嵐的聲音傳回綸太郎耳中。

「……也就是說你已經曉得了，對吧。我開車……呃，撞上她母親，讓人家受了重傷。」

「去年十月您曾和賴子小姐在澀谷見面，這件事我也曉得。」綸太郎緊接著說道。

「這樣啊。」對方似乎終於下定決心，回答得很快，「我明白了。不好意思，能不能給我你的電話號碼？我會馬上回撥。」

綸太郎講完號碼，五十嵐掛斷電話。大約兩分鐘後電話鈴聲響起，綸太郎立刻拿起話筒。

「我是五十嵐。」剛才的男人說道。背景變得頗爲安靜，想來他是移動到能單獨說話的地點。

「替您添麻煩眞不好意思。」綸太郎再度道歉，「本來我應該親自登門請教，但實在抽不出時間。」

「不，沒關係。你說需要我的協助是怎麼回事？」

綸太郎簡短說明命案概要，以及自己與五十嵐取得聯繫的經過。

「原來如此，當時的男孩子記得我啊。」五十嵐似乎在回憶過去，「那個男孩離開後，我問賴子小姐那人是不是她的男朋友，她抿著嘴搖了搖頭。」

「那是您第一次跟賴子小姐見面嗎？」

「是的。」五十嵐彷彿被自己的聲音哽到般咳出聲來，「當然，這是從她長大以後算起。」

這個問題有欠思慮。兩人以前當然見過——就在十四年前的車禍現場。

「您是怎麼認識她的？」

「去年九月初，賴子小姐突然寄了封信到我這裡。她跟你一樣，查到我的住址。她在信上寫道，有些關於十四年前車禍的事想問我。但我實在不願回憶當年的事，雖然覺得很對不起她，依舊沒有回信。」

那正好是她不再和松田卓也見面的時期。中間相隔數天，大概是爲了查出五十嵐住址所花的時間。果然卓也的忠告，正是讓她將注意力轉向十四年前那場車禍的契機。

「然而兩三天後又來了第二封信。上面寫著『前一封信或許有所冒犯，但我絕對不是要責備五十嵐先生。』寫信的時間看起來跟前一封沒隔多久，內容幾乎一樣，想問有關十四年前那場車禍的事。除此之外，她還問我能不能找個機會見上一面。

信件像這樣接連到來，態度又十分認眞，我猜問題大概相當嚴重，不能繼續當沒看到，因此決定回信給她。當然那時我並沒打算跟她見面，畢竟挖掘往事只會讓彼此尷尬，而最重要的是我對那個家庭有所虧欠。事到如今，我實在不願面對自己過去的罪孽。我將這些心情老實地寫在信裡，寄給賴子小姐。」

「您直接寄到她家嗎？」

「不，留在美丘郵局，這是賴子小姐的指示。」

多半是爲了避免讓雙親看到寄件人姓名，她想隱瞞自己與五十嵐取得聯繫這件事。收到的信想必早私下處理掉，以免讓父親發現。

「對於您的回信，她有什麼反應呢？」

「第三封信馬上就到了。她說非常感謝我的回答，並且以更熱切的文字提出同樣要求。『那樁車禍對我而言，是個迫在眉睫的問題』等句子隨處可見。我用來拒絕的回覆，反而變成火上加油。」

他彷彿要甩開喉中陰霾似地輕咳一聲。

「之後她依舊不停寄信過來，我的心情也漸漸改變，覺得或許能相信她的話。會這麼想當然是被她的熱情打動，但我同時也期待能藉著跟賴子小姐見面，撫平自身罪孽帶來的愧疚。想到這裡，我便寫了封答應見她一面的信。當時正好預定到東京出差，我就順便約了見面時間，在十月第二個星期日。」

五十嵐的聲音已拋開電話的存在，像旁白一般在講述自身的故事。綸太郎此時插嘴發問：

「兩位約在澀谷見面，對吧？」

「我們約好信物，在109的樓梯口碰頭。其實不用信物，我一看見賴子小姐就認出是她了，她的容貌與媽媽一模一樣，我不管過多少年都忘不了她媽媽的臉。車禍時隔著擋風玻璃看見的那張臉，至今依舊不時出現在我的夢裡。」他嘆口氣後，音調稍微有些改變，「我們走了一會，坐進一間甜點店。途中遇上那名少年。」

「她問些什麼？」

「賴子小姐要我將車禍發生的事詳細、正確地重現。我不禁遲疑。因爲要是我將看見的一切照實說出來，顯然會讓她非常難過。」

「……不過，您還是說出來了吧？」

「嗯。從答應見面時起，我就隱約料到她會這麼問。在當事人面前，我無法堅守沉默。」

「車禍是怎麼發生的？」

一陣短暫的間隔。五十嵐的喉嚨有如木管樂器般，發出乾淨明確的聲音。

「……事情發生在五月某個晴朗的傍晚。當時剛過五點，天色還不算暗。在送完貨的歸途，我一個人開著車。那條路是單側兩線的直線道，我遵守速限開在左側車道上。

前方左手邊的人行道上，有一對母女的身影。母親是大肚子的孕婦，似乎剛買完東西要回家。她身後兩、三步的地方，有個大約三歲的紅衣小女孩像個陀螺似地打轉，蹦蹦跳跳。」

五十嵐的聲音在顫抖下變得模糊不清，綸太郎將聽筒緊壓在耳朵上。

「接下來，許多事就在一瞬之間發生——轉身背對著我的女孩，突然跳進車道。我的車近在咫尺。我察覺後緊急刹車，而母親爲了保護女兒撲向車道，以上這兩件事幾乎同時發生。

在我眼中，女孩與母親之間彷彿有條看不見的橡皮筋，那條橡皮筋縮了一下將母親拉上車道。女孩在母親捨身一推下彈開，跌進隔壁車道。幸好開在那條車道上的小客車還來得及刹車，勉強停在女孩面前；但我的車閃不開母親，因爲距離實在太近了。我隔著擋風玻璃，看著母親的身體飛上空中，接著她的背部撞上馬路……」

聲音到此打住。出現在電話線之間的沉默，彷彿將話筒連同五十嵐一併吞噬。當他再度開口時，聲音沙啞而疲憊。

「我愣愣地下車，耳裡只聽到女孩的哭聲。她奇蹟似地幾乎沒事，只有膝蓋擦傷。人們聚集過來，似乎在喊些什麼。我怕得不敢直視那位母親，但我還記得有個男人跳下停在對向車道的白色Sunny奔來，不斷大喊『海繪、海繪』。我後來才知道那人就是西村悠史，就是我撞倒那位太太的丈夫。」

話語再度打住。這回他是爲了讓綸太郎提問而保持沉默。

「您如實告訴賴子小姐了嗎？您告訴她車禍原因出在她身上了嗎？」

「是的……當然，我自認盡可能避開任何像在責備她的用詞，但這對賴子小姐而言大概沒什麼差別。」

「她有什麼反應？」

「我能確定她之前不曉得車禍起因在自己身上。她雖然佯裝冷靜，卻藏不住內心的震驚。」五十嵐頓了一下，彷彿突然想起某件事地補充，「我盡可能安慰她、替她打氣，但我們道別時，賴子小姐似乎滿腦子都在想別的事了。」

「別的事？」

「嗯，可以說她沒把我的事放在眼裡了。我也猜不到她在想些什麼就是了。」

綸太郎覺得自己似乎能明白她當時在想什麼。她當時的思緒，想必就是日後命案的源頭。

「您之後還跟賴子小姐見過面嗎？」

「沒有。那天以後，我就再也沒收過原先頻繁寄來的信了。」

「我明白了。」綸太郎說道，「感謝您撥出這麼多時間。不僅如此，還讓您得回憶當年的事故，實在非常抱歉。」

「我幫上忙了嗎？」

「是的。」

「那就好……」五十嵐似乎害怕自己掛掉電話，「我沒打算隱瞞這些事。得知賴子小姐身故時，我一直想撥電話到西村先生家表示哀悼。然而我辦不到……我對那個家庭而言，就跟瘟神沒兩樣。」

綸太郎再度道謝後掛斷電話。握住話筒的手掌滿是汗水，這說明五十嵐的故事多麼讓他緊張。

他立刻更衣出門，開著愛快羅密歐在二四六號線上奔馳。時間緊迫，在前往大坪綜合醫院前，他還得走一趟齊明女學院。

前天的那名年長警衛在警衛亭中向綸太郎打招呼。綸太郎下車對他搭話：

「有件事想拜託你。」

「什麼事？」

綸太郎拿出裝了昨晚那份報告書的信封，交給警衛。

「請立刻將這份文件交給理事長。我有要事在身，現在沒空和她見面。這份文件很重要，麻煩你確實交給本人。」

「我明白了。」警衛將信封當成勳章抱在懷裡，「我會當面交給她。」

「這輛車可以順便交給你保管嗎？」綸太郎用拇指指向停在門旁的愛快羅密歐，「這是租來的車，聯絡租車公司領走就好，我已經用不到了。」

綸太郎將鑰匙交給警衛後離開齊明女學院。他對無意義的麻煩敬謝不敏，因此將一切託付給報告書帶來的威力，不打算再踏入這所學校。想必以後不會再看到理事長那張臉了吧。

他招了輛計程車，告訴駕駛目的地。

23

綸太郎抵達大坪綜合醫院時將近十一點半，他拜託櫃檯廣播將高田青年找來大廳。西村悠史的偵訊即將到來，高田應該會來這裡。

不一會兒高田出現在走廊上，他宛如有人以武器抵在背後的俘虜一般腳步遲緩。他一見到綸太郎，表情就蒙上一層厚重的陰影。

「西村先生恢復意識了嗎？」

「嗯。」他聽起來像期望相反的結果，「他已經轉到一般病房，正在接受神經科醫生的診察。」

「縣警的偵訊呢？」

「三點開始。醫生雖然幫忙拖延，但也沒辦法再拖下去了。」

三點，那還有時間。

「昨天拜託的事，你替我轉告矢島小姐了嗎？」

高田垂下眼睛、緊咬嘴唇，接著用綸太郎能明白的程度點點頭。

「她怎麼說？」綸太郎問道。

青年別過臉般轉頭向後看，代替回答。綸太郎順著高田的目光看去，他在通往住院大樓的走廊轉角發現只露出半邊身體的矢島邦子。牆遮住女子的左半邊，看上去就像她將半顆心放在牆的另一邊。

高田輕咳一聲。聲音成了信號，矢島邦子緩緩走向兩人。她的舉止中似乎帶有前天在加護病房裡感受不到的僵硬。某種不屬於疲勞的東西，將陰霾灑在她身上。

她對綸太郎鄭重一鞠躬，卻怎麼也擠不出話語。於是綸太郎主動開口：

「我想妳應該聽高田先生說了……」

「嗯。」邦子總算打破沉默，「剛才只有我們兩人在的時候說了。你真的懷疑悠史？」

綸太郎點點頭。

邦子望進綸太郎的眼睛。她那彷彿要看透對方內心的目光裡，沒有敵意與懷疑。綸太郎坦蕩蕩地將自己擺在她面前，切身感受到矢島邦子心中的沉重車輪脫離了剎車，靜靜地開始轉動。

「大廳會引人注意。」高田適時插嘴，「我們到不會讓人聽見的地點吧。」

兩人點頭。在高田的提議下，他們前往這棟大樓的樓頂。

三人沉默地沿著狹窄的階梯往上，開啓有方窗的門，來到將水泥切割成棋盤狀的樓頂。樓頂足足兩座網球場寬，四周是塗成水藍色的鐵柵；此外還有長凳與菸灰缸，看來有人將這裡當成休憩場所。

矢島邦子並未轉向長凳，她一路走到樓頂邊緣，一隻手放在鐵柵欄杆上。綸太郎跟著走到她身旁，高田停在離兩人有點距離的位置。

向下望去，可以看見整片一如往常的街景。世間祥和安寧。這是綸太郎無法相信的想法。通過陸橋的電車聲混著醫院空調設備的排氣聲轟隆作響，車輛的喇叭聲與兒童患者的尖叫聲不絕於耳，熾熱的污濁空氣盤踞在整城市裡。現在還是九月初，殘暑尚未離去。

邦子轉向綸太郎說：

「星期六諸多冒犯，實在非常抱歉。」她連用詞都改了，「不過，會用那種態度也有我的理由。你的話讓我有了某些念頭，雖然當時我覺得那實在太瘋狂……」

綸太郎接過她的話。

「爲了打消這些念頭，妳決定趕我走。」

「我很抱歉。不過你離開後，我的懸念並未消失。正如你所言，我本來就有這種想法。」

「星期六晚上，妳似乎在西村家警告夫人小心我？」

疑問中沒有非難，但邦子依舊別過目光點點頭說：

「我猜你說不定跟海繪談過，所以去看看狀況。在海繪面前說你壞話，是因爲不想讓她發現自己在想什麼。

然而我愈是努力否定，心裡就愈是懷疑。儘管我不斷告訴自己得爲了他保持沉默，但還是放棄了。」

「妳口中的『他』是西村先生，對吧？」

「沒錯。」這就是最大的障礙，「……你好像跟高橋談過了？」

「是的。」

「當然，你們也談到我對悠史的心意了吧？」

綸太郎點頭。

「……我無法繼續留在病房看著他的睡臉。」邦子抬起臉說道，「就在我迷惘時，高田告訴我你的事。聽完後，我終於決心坦白。」

「如果這對西村先生不利，妳不必勉強告訴我。」綸太郎對女子的同情不由自主地化爲言語，「我也不會強迫妳背叛他。」

「不，我是基於自身意志將這些話說出來。」她斬釘截鐵地道，「而且，我也沒打算背叛他，甚至可說爲了給他機會才坦白。」

說歸說，要讓接下來的話語出口依舊讓邦子費了很大的力氣。她握住欄杆的力道強得讓手背浮出骨頭的形狀，眼角更因緊緊咬住嘴唇而滲出淚水。

「今早，我和五十嵐民雄先生通過電話。」綸太郎決定推她一把，「十四年前那場車禍的事，我也從他口中聽說了。」

「這樣嗎？」邦子的唇間緩緩洩出嘆息，「如你所料，他手記裡的一切全是謊言——因爲悠史根本不愛賴子。」

「妳說什麼？」

「……他或許憎恨著那孩子。」

話音宛如滿載祈禱的鐘聲般響起，一切祈求就這麼無力地迷失在黑暗的虛空之中。綸太郎無言以對。不止是他，世界上的一切似乎都落入了沉默之中。

然而，矢島邦子已經決心坦白一切，不再躊躇。當沉默凝聚成一點時，她便潰堤似地開了口：

「事情會變成這樣，全都是十四年前那場車禍害的——但在那之前，如果不先從悠史與海繪的事開始講，你大概不會懂。

他們是在高中認識的，當時他們和我都是學生會的成員。海繪喜歡悠史，向我坦白她的心意。我以好友的身分，使盡渾身解數撮合他們……」

「當年的事，高橋先生告訴我詳情了。」

「這樣啊。」她的目光在空中游移，「三十年了。從那時起，兩人就強烈地互相吸引，無法想像沒有對方的人生。他們的感情好得讓旁人稱羨不已，而且似乎早在那時就約好相伴一生。」

邦子輕嘆一口氣，微微搖頭，彷彿要讓自己的心意暫時遠離。

「後來兩人分別進了不同大學，但關係已經無比堅定。他們幾乎天天信件往來，每週日一同出遊，次次碰面都有新發現，無論見面幾萬回都不夠，當時海繪常跟我說這些。悠史決心留在大學邁向研究之路，也因爲有她的鼓勵。悠史確定留學英國時，最高興的就是海繪。」

「但他們對於結婚似乎十分愼重。」綸太郎說道，「高橋先生也感到不可思議，還懷疑西村先生或許跟太太的娘家有芥蒂。」

邦子搖頭。

「這是誤會。海繪的雙親很中意悠史，應該沒什麼芥蒂。他們現在的家，就是兩人同居後以嫁妝名義向海繪娘家借錢蓋的，當時悠史也只有感謝，看不出有什麼芥蒂或隔閡。」

「那爲什麼不在留學英國之前舉行婚禮？」

「悠史的原則。他似乎認爲『以學者身分取得讓人認同的成果前，算不上獨當一面。』他很重視婚姻這個階段，想必不願對婚禮妥協；他當時應該也下定決心，要透過倫敦生活成爲配得上海繪的男人。

何況他們的感情可沒脆弱到會因爲分開兩年而崩潰，隔著海更讓他們天天寫信互通音訊。不用說郵資開銷想必很大，我直到今天依舊很好奇，他們當年到底有沒有時間處理寫信以外的事。

話雖如此，海繪當時依舊十分寂寞，但她絕對不示弱。她一邊在娘家教附近的小孩英語，一邊痴痴等悠史歸國。兩年似乎很長，卻又很短。悠史回國後約半年，兩人就幸福地步上紅毯了。」

「從相識到結婚花了十年多呢。」

「急躁的愛算不上眞愛。」邦子平靜地說，「要持續培育愛情這麼久非常困難，這證明兩人對彼此誠實。」

「他們的婚姻生活呢？」

「頭幾年可說一帆風順。從婚禮前後那段時間起，悠史的工作在學界得到很高的評價，現在任教的大學更因此聘他前去開課。海繪則是理想的太太，一年後賴子也出生了，整個家庭幸福洋溢。當時悠史也將賴子當成心肝寶貝疼愛。

兩年半後海繪懷了第二胎，因爲悠史無論如何都希望有個兒子。一家人幸福美滿，當時看起來彷彿會持續到永遠。」

「我在西村家的客房，看見他們一家三口的合照。」

「拍照的人是我。」邦子的聲音裡藏了與先前迥異的陰暗，「那是海繪出車禍前一個月拍的照片。」

「……據五十嵐先生所言，那場車禍的原因似乎是年幼的賴子小姐？海繪女士爲了拯救跳上車道的女兒才被車撞。」

「沒錯。」邦子彷彿沉浸在十四年前那場悲劇的餘韻中，嘆了口長而沉重的氣，「……然而眞正的不幸，是從大學回家的悠史正好開車經過現場。他在對向車道目擊當時的場景。」

綸太郎回想起五十嵐的話——西村悠史於車禍現場出現。邦子接著說道：

「想必他就是從那一刻開始憎恨賴子。雖然只是我的想像，但看在他眼裡就等於是年幼的賴子將海繪拖到車子前面。在他的認知中，害愛妻半身不遂並殺死她肚裡八個月大長男的罪魁禍首不是別人，就是賴子……」

激昂的聲音攀升到這裡突然中斷。然後邦子以稍微壓抑住情感的口吻繼續說：

「往後的十四年，他心裡從未原諒過賴子。他表面上或許是好父親，但那頂多只是在太太面前裝出來的樣子。他在內心最深處徹底排斥著賴子的存在。正因爲他對海繪用情至深，無處可去的怒火便全指向賴子。」

「妳認爲賴子小姐察覺了父親眞正的感情嗎？」綸太郎問道，「根據森村小姐所言，她似乎非常仰慕父親。」

「她應該知道才對。」這是直入人心的悲痛吶喊，「像她那麼敏銳的女孩，不可能沒發現。我認爲就是因爲知道父親排斥自己，才使得她更渴求父愛。不過，悠史的心早已全獻給海繪。像這種時候，一般來說都會對母親產生對抗意識吧？但她甚至沒辦法這樣。車禍時的記憶，想必還盤據在她的潛意識裡。對母親的愧疚封住了賴子的退路，逐漸將她逼到盡頭。」

這就是松田卓也口中「摸不清的罪惡感」的眞面目。卓也明明只要再加把勁就能打開她的心扉……

「隨著年歲漸長，她跟母親愈來愈像一個模子刻出來的。她大概下意識想代替母親，就像要以自己塡補海繪身體不自由的部分一樣。我想，這是因爲她潛意識裡對母親的罪惡感，與渴望父愛的心起了相乘作用。

不過賴子愈像母親，父親就愈憎恨女兒。我好幾次兜圈子忠告他改改對賴子的態度，全是白費力氣。他對海繪的愛太深，頑強的心靈壁壘難以動搖。」

邦子再度咬住嘴唇。她應該是把自己長年來無法表達的心意，投射到了遭父親排斥的女兒身上。

「去年秋天，賴子的精神狀況變得更不穩定。常能見到她拿出舊相簿，盯著母親年輕時的照片出神，彷彿要將自己與母親化爲一體。實際上從那時起，比之前更神似母親。我每次看見她都隱約覺得不安，但到頭來還是什麼忙都幫不上……」

說到去年秋天，正是賴子從五十嵐口中問出十四年前車禍眞相的時候。她的行動顯示，原先躲在潛意識底下的罪惡感明確地浮上意識表面。她爲了償還過去的罪孽，想以自己重現母親失去的肉體。

「賴子太可憐了。」邦子輕聲說道，「如果沒有車禍，沒有遭到父親排斥，她應該不會做出那麼輕率的舉動。」

說完這句話，她彷彿力氣放盡般垂下頭，眼角也滲出淚水。綸太郎什麼也沒說，靜靜看著她的側臉。

「你明白了吧？」一會後，邦子總算抬起頭說，「這全是眞實，沒有半分虛假。如此深愛太太，也因此無法原諒賴子的人，不可能做出那種事。寫在那份手記中的心情全是謊言。他不可能爲了賴子犧牲自己，更不可能拋下海繪。那一切全是鬼扯。」而綸太郎並未漏聽之後從她口中逸出的輕聲呢喃。

「……可憐的悠史。」

遠處又有一班電車駛過陸橋。

「西村先生可能爲了夫人之外的某人捨棄性命嗎？」綸太郎問道。

「不可能。」

「那麼，若爲了貫徹對海繪女士的愛，西村先生是否做出多卑劣的行爲都在所不惜？」

「沒錯。」

「即使是……」綸太郎說道，「殺人？」

邦子點點頭。

這一刻，綸太郎總算覺得自己能夠明白西村悠史這個人。矢島邦子的絕望拓展了他的視野，然而映入眼簾的卻是令人毛骨悚然的荒涼廢墟，他甚至因此作嘔。這是對於愛與恨和人類原罪的敬畏。

「偵訊三點開始，對吧。」綸太郎準備離去時說道，「那時我會前往病房，有件事我無論如何都想向本人確認。」

「請等一下。」原本一直沉默靜聽的高田青年擋在綸太郎面前，「拜託您，法月先生。請您別再追究這件案子了。」

綸太郎發現，高田眼底藏著跟自己所見風景同樣顏色的陰影。

他搖搖頭，走過高田身旁。

24

西村悠史的新病房也在一號住院大樓的五樓。下午三點，綸太郎在外頭走廊上與綠北署來的人稍微聊了一下。對方是名表情柔和的高大警部，他說自己姓佐伯。綸太郎一問到中原刑警的事，佐伯便搖搖頭說：

「他被調離這件案子了。」佐伯沒解釋更多。

綸太郎簡單說明自己的立場，並問是否能在偵訊前跟西村先生談談。

「只要二十分鐘就夠了。」

「不過，你爲什麼要跟他談？」

「這問題一言難盡，沒辦法解釋清楚。」

佐伯面露不悅。就在這時，醫師與護士打開病房的門走了出來。綸太郎與醫師以眼神互相致意。對方是星期六在餐廳聊過的吉岡醫師。

「請。」吉岡以下巴對佐伯示意，「別忘了你們將預定提前兩天這點，絕對不能讓患者激動。」

「拜託你，警部。」綸太郎再次說道。

高田青年跟著從房間中露面。他一看見綸太郎便板起了臉，直接對綸太郎說：

「請別跟教授見面。」

綸太郎搖頭。

「我非見他不可。」

「無論如何都得見嗎？」

「是的——這也是爲了賴子小姐。」

「你們到底在說什麼啊？」

佐伯滿臉疑惑地介入兩人之間。

高田似乎在和心中的某種東西激戰。他緊閉嘴唇盯著綸太郎，而且眼底有道隨時會燃燒殆盡的悲哀光芒。綸太郎心想，那想必是只會寄宿於知曉醜惡現實者身上的絕望之光。不過，高田終於決定爲心中的掙扎畫下休止符。他彷彿要傾訴什麼一般，將自己在綸太郎眼裡的絕望放進話語中。

「……請理解教授的想法。」

綸太郎點點頭。他隱約掌握了高田想告訴自己的事。高田似乎在忍住淚水。自己眞能回應這無比沉重的訊息嗎？

「刑警先生。」高田轉向佐伯說，「能讓法月先生跟教授私下談一會兒嗎？」

佐伯漸漸感覺自己成了外人。他顯得很爲難，但還是在高田青年的拚命請求下同意讓步。

「眞沒辦法。」佐伯說道，「就特別給二十分鐘吧。因爲是你才有這個特權喔，法月先生。相對地，之後你得協助我們的調查。」

「謝謝你。」先這麼說的是高田。

「矢島小姐呢？」綸太郎問道。

高田搖頭。

「她剛才出去……」青年回答到此就打住了，但綸太郎覺得自己似乎明白他的言下之意。

兩人在門旁擦身而過，視線在彼此停步的瞬間交錯。綸太郎輕輕將手放在青年肩上。原先這對瘦削肩膀所扛起的東西，此刻交到綸太郎手裡。最後高田向偵探微微低下了頭。

綸太郎關上門。

「法月先生，對吧。」

綸太郎轉頭看向陌生話音來處，隨即有對紅茶色眼眸相迎。西村悠史身穿睡衣，在床上坐起身子。綸太郎點點頭，走到他身旁。

「我已恭候多時。請坐那邊的椅子……啊，能不能先替我放下百葉窗呢？對一個沒死成的傢伙來說，外頭的光線太刺眼了。」

綸太郎照做了。

「眞是年輕呢。」西村悠史說道，「冒昧請問一下，你今年幾歲？」

綸太郎一回答，西村便露出回首當年、緬懷過去的表情。他的眼底瞬間竄過回憶往昔的奔流。但在這道奔流之下，確實也能窺見試圖搶佔上風的判斷力。

「你的事方才我聽高田說了。」西村鄭重說道，「能看穿我的雙重殺人實在不簡單，在此向你表示敬意。」

西村的聲音中混雜了些許熾熱的焦躁，大概是自尊心的殘骸。

「別虛張聲勢了。」綸太郎說道。西村的身子縮了一下。

「這是最後的機會。」綸太郎嚴肅地說下去，「高田先生給了你機會，我只不過是他的代理人。」

「……機會。」西村以截然不同的微弱聲音低語，「他也發現了嗎？」

「多半如此。連我都能察覺，他沒道理不明白。想必矢島邦子小姐也得到了同樣的結論。」

「唉。」西村嘆了口氣，「全世界都在追趕我嗎？我明明沒打算苟活。」

「沒時間了。」綸太郎努力克制情緒道，「對我來說如此，對你而言亦然。」

「對我而言……」

這句話成了契機，讓西村心中的某種東西取回原有的樣子。綸太郎認出他眼中煎熬到極限的自省後，總算切入正題。

「我發現了『Fail・Safe』作戰的眞正用意。那一刻起，這件命案的種種面貌有了徹底的改變。

『Fail・Safe』作戰的眞正用意，在於取得跟賴子小姐八月十八日那份診斷證明完全一樣的文件，對吧？你將得來的診斷證明偷偷塞進柊伸之的抽屜，藉此讓『柊就是讓賴子小姐懷孕的人』這件事成爲事實……」

西村閉上眼睛靜靜頷首。

「你怎麼處理指紋的問題？」

「三十一日晚上，我將村上醫師給的信封原封不動交給柊，好讓他自然地將指紋留在第二份診斷證明上。本來應該也要有賴子的指紋，但我認為沒必要細心到那種程度，只要我自己不留下指紋，警方勢必會上當。殺害柊以後，我用手帕捏住診斷證明塞進抽屜中的備忘錄。至於信封，當然處理掉了。」

「警方至今依舊相信柊就是賴子小姐的對象。齊明女學院關係人士表面上的態度姑且不論，他們內心同樣深信不疑。

不過，第一份診斷證明呢？如果一開始就拿出第一份診斷證明，即使不特地用上『Fail．Safe』作戰這種迂迴手段也不會有問題吧？」

西村無力地搖頭。

「就算想這麼做，第一份診斷證明也已經不在我的手中。嫁禍給柊伸之是後來才想到的計畫，當時失去理智的我不但撕掉了診斷證明，更立刻燒掉它，湮滅證據。」

「你說的『當時』，就是指賴子小姐將那份診斷證明亮在你面前的時候吧。」

「沒錯。」西村垂頭喪氣地說道。

「那麼，你承認讓賴子小姐懷孕的男性就是你本人嘍？」

25

冰塊般的沉默到訪。一會兒後，西村充滿自憐的聲音緩緩融化了這道沉默。

「……不見得是。」

「事到如今，你還想推託嗎？」綸太郎臉上有些怒意。

「不，不是這樣。我的話不是這個意思，是指你講的跟事實有些出入。請聽我解釋。」

西村將枕頭放在自己的腰與床鋪間並將背靠上去，稍微減輕身體的負擔。然而，此刻已找不到枕頭能將他受傷的心與外界的現實隔開。

「一切的元凶是十四年前那場車禍。同時失去了妻子的健康與期盼已久的長子，使得我從那之後便暗自憎恨著釀成車禍的賴子。如果我不是那天剛好在車禍現場，或許就不會這樣了。我清楚地看見女兒跳上車道……

我也很痛苦。我不斷告訴自己不該憎恨女兒，但車禍瞬間的畫面烙印在我眼裡，賴子的罪在我腦中重演了數萬次。

我是個軟弱的人，無法從容承受壓倒性的不幸。如果不將恨意投注在某人身上，我甚至沒有保住理智的自信。而賴子就在那裡，我別無選擇。藉著在無人知曉的情況下憎恨賴子，我才能與惡夢般的現實妥協。」

西村大概是讀出了綸太郎眼中的非難，話音停下來。

「但你藏起了內心的憎恨，表面上扮演一個好父親……」綸太郎說。

「如你所言，想說我僞善就說吧。可是，我不想讓妻子知道我的恨，不願讓海繪看見我醜陋的眞面目。我害怕這樣，於是將車禍的畫面藏在自己心裡，持續假裝自己疼愛賴子。

然而不管我再怎麼努力扮演一個疼愛女兒的父親，依舊無法瞞過賴子本人。女兒不知不覺察覺了我的心情，即使如此，那孩子依舊尋求著我的愛。

當然，這是無謂的努力。知道自己無法如願，她便以最卑劣的手段引起我的注意。賴子年歲漸長，出落得愈來愈像母親。她一定是知道這對我有效，才努力讓自己變得像母親。最近這一年，她甚至變得跟我當初剛認識的那個海繪一模一樣，反而更讓我痛苦得難以忍受。這一定是女兒對我的復仇。」

綸太郎無法繼續保持沉默。

「你這種觀點未免太一廂情願了。」

「或許是吧……」西村吐出一口瘴氣似的嘆息，「可是五月上旬賴子對我設下陷阱，除了復仇以外應該別無他意。」

「那是五月十日的晚上，對吧？」

西村宛如翻查記憶月曆似地看向空中。

「沒錯……那天晚上我陪同事喝酒，之後醉醺醺回到家。我酒量本來就不好，能回到家已經十分勉強；一進自己的房間，我當場倒在床上昏睡過去，連領帶都沒解下。之後不知過了幾小時，我感覺到人的氣息而睜開眼。半夢半醒間，我發覺海繪就站在身旁。她比現在的海繪年輕得多，體型還是女學生；當然，這個海繪四肢健全。我沒有半分猶豫便將海繪拉上床，因爲我相信這是一場夢。

然而，我的記憶只到這裡。隔天早上清醒時，我已經換上睡衣，內褲也換過了；前一天晚上到底發生什麼事，就連我自己也完全搞不清楚。我以爲一切都是夢。

三個多月後的八月二十一日晚上，我發現自己遭人陷害。那一天……賴子從傍晚就把自己關在房間，晚餐也沒下來吃。我對中原刑警說她傍晚外出當然是假的。到九點左右，賴子表示有話要講而把我找到她房間裡，接著突然亮出那份診斷證明。她讓我想起五月十日那晚的事，然後說孩子的父親是我。

氣急攻心的我失去理智，回過神時已經掐住賴子的脖子，因爲她威脅要把這件事告訴海繪。我無法原諒賴子，只覺得賴子又想撕裂我跟海繪的愛。這十四年來我壓抑在心裡的東西，就在這瞬間一口氣爆發。」

「這不是對你的復仇……」綸太郎絕望地說，「賴子小姐希望你愛她，希望你將給母親的愛情分一點給她，即使只有幾千分之一也無妨。」

「別再說了。」西村低語。

「不，或許她眞的想要你的孩子也說不定。」

二十五日的記述在綸太郎腦中復甦，某個在意的小疑問同時迎刃而解。西村在手記中寫著，當村上醫師告知懷孕時「賴子不知爲何顯得如釋重負。」實際上他應該明白女兒「顯得如釋重負」的理由才對，正因爲明白又不願意承認，才會下意識地採取自衛反應寫出「不知爲何」這個疑問詞……

綸太郎加強語氣繼續說：

「……賴子小姐或許想代替已經無法生育的母親，爲你產下你非常想要的兒子。你不覺得她是用自己的方式爲十四年前的過錯贖罪嗎？」

然而，西村避開綸太郎的目光。

「我殺害賴子後的行動，就和你知道的一樣。布萊恩突然從床下跳出來，我想都沒想就空手揍死了牠。」

西村舉起自己的雙手，彷彿那時的感觸回到了懷裡一樣。跟殺害女兒相比，把貓牽扯進來似乎更讓他過意不去。

「能看穿手記的欺瞞實在不簡單。我從高田口中聽說時相當佩服，你似乎連我思考的細節也全看穿了。八月二十六日記述的補寫與『Fail・Safe』作戰的眞正用意，就跟先前你說的一樣，重點是將孩子生父的角色推給柊伸之。我確實打算利用爲女復仇的美名，把一切責任都轉嫁到柊的身上。

然而只有一件事你不曉得。如果你願意相信就好……其實賴子肚裡的孩子不是我的，眞的是柊伸之的孩子。」

「怎麼可能！」

「你會這麼說很合理，但我沒有在五月那晚與女兒發生完整性行爲的記憶。我只是將女兒的話信以爲眞，爲自己的愚行感到羞恥。在那之後，我選擇柊伸之這個男人當自己的替身，卻漸漸起了疑心。以一個無關的第三者來說，柊這人符合的條件未免太多了。

我的懷疑沒錯。最後一天我奪去柊的自由後，從他口中聽到了沒有半分虛假的眞實——賴子眞的跟柊有關係。日期似乎是五月十二日，我出席學會不在家中的那天晚上。

我想，大概是十日那晚賴子無法和我完全結合。她認爲重複同樣的手段也沒希望成功，於是使用替代品，而柊伸之就在那個時間點登場了。因此選擇柊伸之的人不是我，我只是沿著賴子選擇那個男人的路重新走一次而已。」

西村拚命地試圖攀住自己的話語，已經沒有其他浮木可抓了。

「可能因爲柊跟我同樣是B型，同時也是賴子身邊最空虛的男人吧。賴子爲了打擊我，無論如何都需要小孩；而且只要能欺騙我，誰的孩子都行。我完全上了賴子的當，因此等在我眼前的只剩毀滅。那孩子並非我的骨肉，這點是我唯一的救贖。」

實情大概就如西村所言。儘管難以判斷胎兒的生父，但西村賴子與柊伸之有關係這點無法否定。若非如此，無法解釋齊明女學院理事長爲何那麼快就對綠北署施壓。換言之柊心裡有底，很可能是他爲了避免後續的麻煩而向理事長哭訴。

可是就算如此，眼前這名男人的罪行依舊不輕。

「這種事算不上什麼救贖。」綸太郎說道，「只是你擅自將它當成避難所罷了。對你以外的人而言也一樣。」

時節明明還是九月初，西村的表情卻宛如嚴冬寒意已沁入骨髓。

「或許吧，至少海繪應該也這麼想。我無疑已經背叛她。畢竟到頭來，我還是相信了賴子一次……」

西村突然以雙手遮臉，彷彿要將自己的醜惡藏起來，不讓自己看見。

「光是這些行爲，就可以說我死不足惜。我殺害賴子那晚已下定決心自殺，我無法原諒跟親生女兒發生關係還殺死她的自己。

然而更重要的是，我無論如何都得避免海繪知道眞相。我背叛了她，說不定還因此讓賴子懷孕，這個恐怖的事實無論如何都得掩蓋起來。」

「於是你決心讓無辜第三者當自己的替身並殺害他，寫下那份手記，全是爲了讓太太閱讀並求得她的寬恕，對吧？在八月三十一日前半的記述中，你意外地暴露了眞心。」

「沒錯。」他抬起頭，「如果海繪知道眞相，絕對不會原諒我。我無法忍受這種事，我不想失去她的愛……爲此要我做任何事都在所不惜，即使要與全世界爲敵我也不怕。所以要我殺人也無妨，要我當個騙子、當個卑鄙小人也行。」

「可是賴子小姐的命案被視爲變態過路魔的犯行，而且警察並未公開她懷孕的事實，爲什麼你還要刻意將這些事挖出來？你應該只需要冷眼旁觀才對。」

「不。」西村說道，「我辦不到，因爲海繪發現賴子懷孕了。她應該也懷疑我才對，只是沒說出口。所以我不能消極以對……」

「可是太太前天對我說，她沒發現賴子小姐懷孕。」

「不可能。她不可能沒發現。海繪絕對會注意到，她就是這樣的女人。」

西村的聲音充滿絕對的把握，不容他人反對。可能他才是對的。

「請讓我問最後一件事。」綸太郎說道，「你跟森村小姐之間有什麼關係？」

西村的眼睛像鉛塊一般重重地沉下去。

「……唯有這件事請你別問。」他好不容易才回答。

綸太郎看向時鐘，跟佐伯約好的時間快到了。西村似乎很快就從綸太郎的動作中看出意圖。於是他有所覺悟地詢問綸太郎說：

「……這裡似乎是五樓，對吧？」

「沒錯。」

「窗戶下面是？」

綸太郎起身走近窗戶，以手指拉開百葉窗往外看。

「水泥露台……」

西村輕聲說道。

「你大概認爲我是個卑鄙的傢伙吧。」

「沒這回事。」答案不假思索而出。

「你不阻止我自殺嗎？」

「不。」

「爲什麼？因爲你可憐我嗎？」

「不是。」綸太郎說道，「我對你早已沒有絲毫同情。我不阻止你，是爲了賴子小姐。」

「爲了賴子？」

「……十四年前賴子小姐跳上車道的理由爲何，難道你從沒想過嗎？」

西村的眼神頓時凍結。綸太郎原先沒打算提這件事，但他無法保持沉默。

「你在對向車道目擊車禍的瞬間。換句話說，賴子小姐可能也看見了你的車。駕駛麵包車的五十嵐先生還記得，她在跳上車道前曾轉身背對麵包車。當時賴子小姐必定看見你的車就在對向車道上。

她跳上車道，不就是因爲看見你的車而興高采烈地想迎接你嗎？這不正是小孩子的愛情表現嗎？」

西村瞪大眼睛，整張臉彷彿聽到陌生的外國語言般僵硬。他只是保持沉默，沒有給綸太郎任何回答。

「……從一開始就是這樣。賴子小姐一直渴望你的愛，但你始終頑固地拒絕她的心。讓賴子小姐崩潰的不是別人，正是你的所作所爲。

你明白嗎，西村先生？我不阻攔你，是爲了不知道何謂『被愛』就死去的賴子小姐。」

「謝謝你。」西村意味深長地說出這句話，「……你會將眞相告訴海繪嗎？」

「不。眞相只屬於你。」

「那麼，請替我轉告她。我第一次爲賴子而死，第二次則是爲妳而死。」

「我會轉告。」綸太郎在深不見底的絕望中這麼回答。

「還有一件事想麻煩你。能不能替我打開那扇窗戶呢？它對我來說好像太重了。」

綸太郎照做了。

26

西村悠史從醫院五樓的窗戶跳下去，總算成功了結自己的性命。之後將近一個小時，綸太郎都得忍受佐伯警部的嚴厲責難。

「這全都是你的責任，法月先生。」佐伯說道，「我希望你有所覺悟。」

「我會負起責任，扮演一個惹人厭的角色。」

「惹人厭的角色？」

「將惡耗告訴西村夫人。」

佐伯無奈聳肩。綸太郎當然不認爲這樣就能了事，但他沒空多想。得先見西村海繪一面，將丈夫的遺言告訴她才行。

運氣不好的是，他在大廳被吉岡醫師逮到了。

「你還眞有種。」吉岡說道，「沒想到會被你出賣。你把人命當成什麼了？我們的努力全化成泡影。我絕不原諒你的所作所爲。」

綸太郎無意辯解。吉岡緊握拳頭，狠狠地瞪著他。綸太郎雖然有挨上一拳的覺悟，但吉岡克制住自己。

「……以後別出現在我們面前。」醫生說完便轉過身子。綸太郎離開醫院，前往西村家。

森村妙子開門迎接。她正準備替玄關的花瓶換水。

「太太呢？」

「工作中。今天她精神不錯，應該能跟你見面，不過還是先問一聲好了。」

綸太郎拉住了準備入內的妙子。

「森村小姐。」

「什麼事？」

「妳是不是跟西村先生發生過關係？」

妙子大吃一驚，當場像尊冰雕般僵住。沒有追問的必要，這反應證實了綸太郎的猜測無誤。

「……不，不用回答也無妨。」他將妙子留在玄關，邁步走向夫人房間。

女子的聲音掠過他的耳際。

「只有一次……我主動要求他這麼做。」

綸太郎停步轉身。

「什麼時候的事？」

「今年春天。應該是三月……教授實在太壓抑了，我覺得他很可憐，希望能多少幫上點忙。在外頭一起吃完飯後，就順水推舟變成那樣了。可是他舉不起來，背叛太太的罪惡感實在太強了。他眞的很可憐。」

女子滿臉通紅，但紅潮中微微滲出一些坦白祕密、拋下重擔的解放感。即使是愧疚也能以憐憫替換。這讓綸太郎強烈地意識到森村妙子身爲女性的那一面。

「太太知道這件事嗎？」

「怎麼可能。如果太太知道這件事，教授會自殺的。」脫口而出後，妙子才發覺自己的話語多沉重，「……教授的狀況如何？」

綸太郎裝作沒聽到，拋下妙子入內，而對方並未追來。當他站在門前時，背後傳來一聲巨響——那是花瓶摔到地上碎裂的聲音。

綸太郎以後手關上門，西村海繪隨即抬起頭，將目光焦點自文字處理器的螢幕轉到他身上。

「唉呀，原來是你啊。」

「您的丈夫不久前死了。」他說道。女子聽到後，連一點動作都沒有。

「他爲什麼會死？」

「從醫院五樓的窗戶往下跳。」

女子的目光回到螢幕上，以手指在鍵盤上的躍動代替回答。

「他在臨死前這麼說。第一次爲賴子小姐而死，第二次則爲您而死。」

「……外子是爲了自己而死。」

這種彷彿在誇耀勝利般的口吻，令綸太郎不由得愣一下。床上那名半身不遂的女子似乎沉浸在某種無以名狀的充實感裡，甚至讓人覺得她正透過隱形電路不斷地替內部充電。

沒錯，妳應該知道才對，綸太郎突然這麼想。妳應該知道一切。

妳一定知道賴子小姐懷孕，妳一定知道自己的丈夫殺了女兒，而且妳一定知道丈夫爲了妳不惜犧牲生命。

妳知道。妳全都知道，但裝作不知道，還爲此說不少謊。妳應該記得五十嵐這個名字，妳應該知道丈夫憎恨女兒；而父女在五月的夜裡做了什麼事，妳應該也知道。

不僅如此。

妳一定知道丈夫曾經嘗試與森村妙子發生關係！

原來如此。全是妳設計的嗎？綸太郎一陣暈眩。這全是妳爲了試探丈夫的愛而設下的陷阱嗎？

失去肉體的女人，妳甚至稱呼自己是意念的怪物。如果是妳應該辦得到。在妳心中，賴子小姐也好、西村先生也罷，他們都只是讓妳像玩弄人偶般自由擺佈的登場角色。

妳對賴子心中的空隙灌輸恐怖的妄想。對妳來說，這就跟敲鍵盤一樣簡單。妳要報復她讓妳失去的這十四年。報復奏效，賴子小姐死在父親手中。接著妳更利用「愛」這個詞，逼得西村先生自殺。妳對丈夫的報復，就是讓他萬分屈辱地孤單死去嗎？就因爲他犯下那一次錯？

有如廢墟般孤立的愛，就是妳心中愛情應有的樣貌嗎？這有資格稱爲愛嗎？

但是，綸太郎什麼也不能說，這些想法沒有任何證據。他發現自己在西村海繪壓倒性的意念宮殿前，就如同句點一般渺小。

「打擾了。」他只說這幾個字便轉過身。

充滿節奏感的敲鍵盤聲傳來。此刻，一個充滿愛的美麗故事就在她指下逐漸成形。一個給純眞孩童的故事。這讓綸太郎不寒而慄。

喔，爸爸的心靈慰藉所在。
啊，象徵喜悅的耀眼光彩，
妳爲何消逝得如此之快！

——《悼亡兒之歌》

文庫版後記

這部長篇寫於我二十五歲時，由一九八九年末一直寫到翌年春天。這本書在大多數讀者心中，似乎是法月綸太郎這個作家最早的轉折點，然而實際上我開始動筆時根本沒有這種自覺。本書是將我大學四年級時於推理小說研究會會報發表的近兩百張稿紙中篇作品改寫爲長篇而成，所以基本的故事大綱沒什麼改變。順帶一提，身爲本書原型的中篇作品標題也叫《爲了賴子》。

有件事現在可以明目張膽地說了，其實我一開始是爲了偷懶才著手寫這部長篇。在這之前的《誰彼》是從零開始的作品，而且用近似妄想症風格的寫法讓我極爲疲憊，有種「我再也不想做這種事了」的感覺。所以，我希望下一部小說能盡量少用點腦輕鬆寫，於是從蒙塵三年的同人誌中翻出了得意之作《爲了賴子》。我對這個大綱相當有自信，預期中開頭的手記與結尾的推理部分可以直接沿用原型，再將中途故事發展的橋段補齊，就能輕易完成一本長篇作。

然而，我的預期失準了……不，是完全落空。費的工夫跟寫《誰彼》時的方向雖然不同，但到頭來我被迫處理更加麻煩的東西。簡單來說，這玩意兒對於一個題材偏門的二十五歲新人作家而言，是個難以負荷的怪物。我每天都覺得自己在打毫無止盡的撤退戰，只能盡可能不讓它出現明顯的漏洞。在後記裡寫太多怨言也沒用，所以我決定就此打住，但我確實感覺自己透過這部小說，在與己意無關的情況下迎來了某種轉折點。回頭看向原版的封面，上面寫了經過扭曲的強尼・羅頓（Jonny Lydon）臨別之言，現在想起來，那大概誠實地反映了我當時內心的混亂吧。

只不過，那個所謂的轉折點具體來說到底是什麼，這點實在無法解釋清楚，而我隱約感覺到的東西，應該與讀者的認知完全不一樣才對。不過，無論如何這本書成了分界線，長篇的刊行速度顯然慢了下來，不僅如此，之後的書不管讀哪一本，都免不了讓人有種老是在寫同一個套路的感覺。爲什麼會這樣，我自己也不知道，而我也不知道究竟是好是壞。不過日後回首起來，我也只能承認這部長篇成了分界線。這麼說來，記得有人說過羅斯・麥唐諾轉捩點的作品《*The Doomsters*》，也是將《*Bring the Killer Justice*》這部中篇作品改寫成長篇。說不定這是羅斯的詛咒。如果眞是這樣，那還眞是恐怖。

不過我也曾希望，這個類似轉折點的東西能晚個兩三年再來找我。最近我認眞地想過，如果爲了「誰是眞兇」而著迷的純眞少年時代能持續久一點就好。說實話，我很懷念那個「新本格批判」盛行時的爽快氣氛。當時那種一心一意的奔馳感、「什麼都可以」的解放感、與「本格」的一體感等，確實曾給了我某種什麼都比不上的悸動。然而，我總覺得自己在趨向成熟的路上，失去了那種無可取代的悸動。至於現在，我則是毫無理由地感到無比疲倦。

（一九九三年三月三日）

解說

拜啓　法月綸太郎先生

池上冬樹

這是敝人初次寫信給您。

大約二月中旬的時候，講談社文庫編輯部的白川先生來電，表示這回《爲了賴子》要出版文庫，想拜託我撰寫解說。這項委託令我十分吃驚。我跟《誰彼》的解說者香山二三郎先生一樣，是因爲《爲了賴子》而認識《法月綸太郎》的人之一，因此欣然接了下來，但我十分好奇這份工作爲什麼會找上門（因爲我的守備範圍主要是海外推理作品，而且是冷硬派推理／犯罪小說）。電話講得倉促，我也忘了問白川先生這件事，不過這個疑問很快就解開了。

掛斷電話後我看向書櫃，想到我好像還沒看短篇集《法月綸太郎的冒險》，而一翻到《開膛手》，我就在裡頭找到了熟悉的名字，不由得嘴角上揚。這篇《開膛手》雖然是圖書館系列的第一作（順帶一提，這系列很輕鬆，我很喜歡），但這個短篇作品中出現了一位就讀W大二年級的推理小說迷，日後在系列作中相當於法月助手的學生松浦雅人。這人的原型該不會是我所認識那位T社的同名同姓編輯吧？記得那位姓松浦的編輯是法月先生在京大推理小說研究會的學長吧？居然拿學長來用……這讓我不禁笑了出來，松浦先生或許也會竊笑著說「眞是個令人頭痛的傢伙」呢。

回想起來，我會讀法月先生的小說，也是出於松浦先生的建議。跟T社工作上的往來，讓我從數年前開始不時跟松浦先生以電話長談，不過話題總是會從工作轉變為交換近期推理作品閱讀心得。應該就在那個時候吧，他告訴我「法月的《爲了賴子》很對池上先生你的胃口喔。」我一說，「不過法月是新本格吧？我不喜歡那一類的作品。」他就回我，「法月最愛的作家是艾勒里．昆恩和羅斯．麥唐諾。」昆恩和羅斯．麥唐諾啊。一來我也是在小學五年級時讀了昆恩的《X的悲劇》，才確定成爲推理迷；二來若從冷硬派作家選一個最愛的作家，我必然會選羅斯．麥唐諾。嗯……看樣子還是該讀才行呢。

於是我前往書店購書閱讀。唉呀，眞是有趣呢。或者應該說令人佩服。這本小說如自註所述是「以羅斯．麥唐諾爲主題的尼可拉斯．布雷克風格變奏曲。」我讀書必定會寫下簡單的筆記，當時的筆記是這麼寫的——

逐漸讓羅斯．麥唐諾風格主題展現出來的步調很棒，當主題明確後人物關係變得像炸藥那裡也很棒（做得相當漂亮）。可惜的是，故事應該更偏向冷硬派一點。這個故事不該寫成本格，應該寫成私家偵探作品。硬是讓名偵探法月表現以收進本格的範圍內，把作品變差了。

即使如此，這人依舊是位頗有才華的作家。

讀畢《賴子》後，我立刻又驅車前往書店購入《一的悲劇》，並在當晚一口氣讀完。當時的感想是——

第一人稱敘述相當流暢，讓人興奮地期待會不會走上誘拐作品路線，然而名偵探法月綸太郎出現了，失望。調性大變。這位作家頗有能力，但發揮能力的方向錯了。爲什麼非塑造密室不可？爲什麼要有名偵探？名偵探這種過時的東西，跟充滿刺激的冷硬風格前半部根本不合。這對作品是個悲劇，對作者也是個悲劇。

想必這個「悲劇」也在法月先生的計算之中吧。自己寫的小說，在推理傳統中站在什麼位置、適合什麼風格，法月先生應該早在我說三道四之前就已經十分清楚。

比方說，《爲了賴子》的後記裡寫了這麼一段話——

法月綸太郎登場的長篇至本書已是第三冊，我想也差不多看得出系列的特徵了。「名偵探」法月綸太郎這個過時的設定差不多也該安定（既成事實化？）下來了吧？儘管我如此期待，但實際上又是如何？

（中略）……只是我最近在考慮，要從豐饒多彩知性的現代推理中，走回貧瘠荒蕪（雖然我知道這麼說會引來誤解，但找不到其他適合的形容）的路。若是以我的資質，再怎麼追求內容的豐富和深度，最後依舊只會暴露出相反的結果，那我是否該乾脆地在這裡向後轉，捨身跳向推理作品過去孕育出來的貧瘠與荒蕪？現在的我隱約有這種念頭。

讀到這裡，就知道我所謂「悲劇」云云是種錯誤的看法。呃，我明白自己筆記時的見解有誤（畢竟作者本人特地以引號標出「名偵探」，還用了「過時」這個詞。）既然法月先生有自覺且以那種境界為目標，那就沒辦法了。然而話雖如此，身為一名讀者，身為一個期待作家法月綸太郎將來表現的人，還是想說一句話——法月先生，你真的打從心底覺得「以我的資質，不管目標放得多麼豐富遠大，最後依舊只能呈現相反的結果。」嗎？我不這麼認為。我認為這是裝腔作勢，或者是辯解，再不然就是某種自卑。換言之，你覺得只要聲稱「我只寫得出這種程度的小說」就能將「拙劣」正當化，不是嗎？。

不過啊，法月先生，你不需要將這種自卑正當化吧。我認為，法月先生能夠「以內容的豐富和深度為目標，並充分表現出豐富和深度。」所以香山先生、新保先生、三橋先生和我才會如此期待。只不過現實上來說，你的表現之所以停留在一鱗半爪的程度，想必是因為在新本格派的框架底下創作吧。我認為「名偵探」與過時的元素是問題所在。

我只要一動筆，就會變成批判新本格派呢。但我本來並沒有批判的打算，因為彼此閱讀、思考的方式都不一樣，讀了島田莊司的《本格推理宣言》讓我這麼認爲（這是眞的）。這本書中的座談會（「新」本格推理的可能性PART II）上，綾辻行人先生說——

每年看那麼多（推理小說）獎的選評也沒用……「以推理作品來說太單薄」、「詭計不太行」已經成了固定台詞，如果亂步先生聽到可能會哭吧。我認爲該以好的推理爲優先，像是什麼小說部分力道不足、沒有刻畫人物之類的東西應該擺到後面……總之希望他們在推理上有所堅持。大概就是因爲我、法月、以及大家都有所堅持，某種意味上說不定算是幼稚的堅持，所以擁有相同想法的讀者才願意跟隨我們到今天吧，我是這麼想的。

也就是「總之該對推理有所堅持」，「閱讀的重點是推理」吧。因此，以小說的角度而言力道稍有不足也行，這是綾辻先生的看法。嗯，這種想法當然無妨，可是我想讀小說，想讀內容豐富的小說。我有個毒舌的朋友說，新本格派這種東西讀起來連一小時都用不到。他誇下海口表示，只要先讀完結局，之後再以對話爲中心從頭讀一遍就能簡單搞定。「因爲他們的小說裡就只有樣版人物與推動故事用的對話，一點味道都沒有。他們是不是把推理當成創意競賽啦？」。

這個朋友的言詞很極端，並不是每個人都像他那樣，或者該說像他這樣的是少數。不過，我認爲本格作品有容許這種閱讀方式的弱點……這麼說大概有語病吧。不是「作品容許這樣閱讀」，而是「讀者選擇這樣閱讀」。因爲跟小說的趣味性相比，本格迷更偏重詭計與解謎的邏輯趣味性，也就是推理精神。

可是呢，我無論如何都想對法月先生說——根本不需要「捨身跳向推理作品過去孕育出來的貧瘠與荒蕪」吧？這種事交給資質落於「再怎麼追求內容的豐富和深度，最後依舊只會暴露出相反的結果」這種範疇的人不就好了嗎？

會想這麼說，也是因爲讀了法月先生的小說後，覺得「這個人明明能更上一層樓」。這人有豐富的推理作品閱讀經歷，又有能發揮的才華，明明只要活用這兩者就能創造出了不起的作品，卻硬是要讓名偵探登場、壓縮小說的空間，朝非常輕鬆的方向發展。本格迷或許會因此安心，但冷硬派/私家偵探小說迷卻會不滿。大家會覺得，《法月綸太郎》的世界明明敞開著，爲什麼要把門關起來呢？我跟擔任《密閉教室》解說的新保先生一樣，討厭名偵探法月綸太郎（嚴格說起來應該是「長篇作品中的法月」。我對登場於《法月綸太郎的冒險》裡那些短篇的法月有好感。）「若讓我以讀者的身分恣意發言，我會希望作家寫每一部作品都是在『削骨割肉』。如果阻止作家法月綸太郎這麼做的是法月綸太郎這個存在，我便無法喜歡上這個外行名偵探」。新保先生這麼寫，而我也與他有同感。

雖然好像東寫一些西寫一些沒什麼重點，但我眞的希望法月先生能自新本格派金盆洗手，投靠冷硬派推理。不，如果不能金盆洗手，至少偶爾花心一下，寫部眞正的冷硬派推理小說。有《密閉教室》裡充滿緊張感的對話、《賴子》裡提出羅斯・麥唐諾主題的手法與處理，以及《一的悲劇》裡能讓人想到麥克．吉文的前半發展，只要認眞地寫，應該想寫多少就能寫多少才對，爲什麼要把自己限制在本格作品的框架內，窩在一個小角落裡呢？我是這麼想的。所謂的推理精神不是本格作品才有，應該私家偵探小說和警察小說也能發揮才對，不必固執於本格作品吧？

法月先生，請來冷硬派的領域吧。儘管你我的閱讀方式或許不太一樣，但我翻開JICC（註一）的九三年版《這本推理小說了不起！》時大吃一驚，看見法月先生選出的前六名，瞬間讓我以爲看見了自己的清單。我們在六本中有四本重疊，而且第一名同樣是《到墳場的車票》（勞倫斯．卜洛克），第三名是羅伯特．瑞福斯（Robert Reeves）（註二）的《*Peeping Thomas*》。比較冷門的女偵探作品《*Kindred Crimes*》（註三）也在裡面，啊，果然法月先生也是羅斯．麥唐諾迷，眞讓人開心。我排在第四名，但你排在第二名，菲利普．柯爾（Philip Kerr）（註四）《*March Violets*》，也完全是冷硬派推理迷的選擇。雖然第六名是馮內果的《戲法》（我也喜歡馮內果，但還沒讀這本所以沒選），但這份名單，幾乎全是冷硬派狂熱分子的選擇。於是我猜，法月先生私底下或許也想寫本格的冷硬派／私家偵探小說（實際上是吧？）

有件事我想松浦先生提過。我家在山形，自山形的高中畢業後就讀東京的大學，曾在東京住了八年。當時住在世田谷區北烏山的集合住宅，不過距離最近的車站，是井之頭線的久我山。沒錯，就是《一的悲劇》的舞台。我遇上身爲法月先生學長的編輯，在那位編輯的推薦下讀了《賴子》，讀了《一的悲劇》，發現舞台是久我山。咦，說不定我跟法月先生很有緣呢。喜歡前世、靈魂等話題的我單純地這麼認爲。

爲什麼選擇久我山當小說的舞台呢？希望將來有機會能告訴我。當然，如果你到東北旅行經過山形或仙台（離山形市車程一小時）時請通知我，我可以開車帶你觀光。

結果我寫了這樣的長篇大論（佔用你的時間眞是不好意思）。

雖然我想就寫到這裡，但最後請容我再重複一次——法月先生，請寫眞正的冷硬派推理小說吧。如果是你一定寫得出來。《爲了賴子》發行文庫後，想必會替你增加許多新本格迷以外的推理迷。而我認爲，他們應該也會跟我有同樣的感想。請實現這些人的願望吧，我在此衷心懇求。

註一：ＪＩＣＣ出版局是現在的寶島社前身。
註二：Robert Reeves，美國作家。《*Peeping Thomas*》是他在一九九〇年發表的作品。
註三：澳洲作家Janet Dawson（1935-）的作品，故事主角是一名女性私家偵探。
註四：Philip Kerr（1956-）蘇格蘭作家。《*March Violets*》是他在一九八九年發表的出道作。

國家圖書館出版品預行編目資料

為了賴子 / 法月綸太郎著；黃永定譯. -- 初版.--.臺北市：獨步文化, 城邦文化出版：家庭傳媒城邦分公司發行，民103.08
面；公分. --（日本推理名家傑作選；50）

譯自：賴子のために

ISBN 978-986-6043-97-0（平裝）

861.57　　103013370

ISBN 978-986-6043-97-0
Printed in Taiwan

城邦讀書花園
www.cite.com.tw

日本推理名家傑作選 50

為了賴子

原著書名 / 賴子のために
原出版社 / 講談社
作者 / 法月綸太郎
翻譯 / 黃永定
責任編輯 / 張麗嫺
編輯總監 / 劉麗眞
總經理 / 陳逸瑛
榮譽社長 / 詹宏志
發行人 / 涂玉雲
出版 / 獨步文化
城邦文化事業股份有限公司
台北市中山區 104 民生東路二段 141 號 5 樓
電話：(02) 2500-7696
傳眞：(02) 2500-1967
發行 / 英屬蓋曼群島商家庭傳媒股份有限公司
城邦分公司
台北市中山區 104 民生東路二段 141 號 2 樓
讀者服務專線 / (02)2500-7718; 2500-7719
24 小時傳眞服務 / (02)2500-1990; 2500-1991
服務時間 / 週一至週五：09:30～12:00
13:30～17:00
讀者服務信箱 / service@readingclub.com.tw
劃撥帳號 / 19863813　戶名 / 書虫股份有限公司
香港發行所 / 城邦（香港）出版集團有限公司
香港灣仔駱克道 193 號東超商業中心 1 樓
電話 / (852) 2508-6231　傳眞 / (852) 2578-9337
E-mail / hkcite@biznetvigator.com
馬新發行所 / 城邦（馬新）出版集團
Cite (M) Sdn Bhd
41, Jalan Radin Anum, Bandar Baru Sri Petaling,
57000 Kuala Lumpur, Malaysia
電話：(603) 90578822　傳眞：(603) 90576622

封面設計 / 心戒
印刷 / 中原造像股份有限公司
排版 / 浩瀚電腦排版股份有限公司
□2014 年（民 103）8 月初版
定價 / 320 元

獨步文化
APEX PRESS

廣	告	回	函
北區郵政管理登記證			
台北廣字第000791號			
郵資已付，免貼郵票			

104台北市民生東路二段 141 號 5 樓

英屬蓋曼群島商家庭傳媒股份有限公司

城邦分公司

獨步文化　　收

請沿此虛線剪下，將活動卡對摺、黏貼後寄回即可

黏貼處

獨步文化 APEX PRESS

獨步 2014 集點送！

推理御貓 bubu 的獻身

10點 bubu 貓環保筷

15點 bubu 貓馬克杯

20點 bubu 貓書衣（2014 年新款）

你是個超級日本推理迷嗎？每年總是大手筆購買一脫拉庫的獨步好書嗎？那你就是 bubu 貓要獻身的對象啦！獨步自 2012 年始，新書書末皆附有 bubu 貓點數，集點可兌換 bubu 貓的周邊贈品！

【活動辦法】： 即日起至 2014 年 12 月 31 日期間，獨步出版新書書末附有「推理御貓 bubu 的獻身」活動卡一張，每卡附贈一枚 bubu 貓點數（見右下角），將點數剪下貼於下方黏貼處，即可依點數兌換 bubu 貓周邊禮品哦～

◎ 2012、2013 年度所發送的 bubu 貓點數也可參加今年的集點活動哦！
贈品照片及更詳細活動規則請上獨步部落格：http://apexpress.blog66.fc2.com/

【兌獎期間】： 即日起至 2015 年 1 月 31 日（郵戳為憑）

【點數黏貼處】

請沿此虛線剪下，將活動卡對摺，黏貼後寄回即可

【聯絡資訊】（煩請以正楷填寫以下資料，以免因字跡辨識困難導致贈品寄送過程延誤）

姓名：＿＿＿＿＿＿＿＿　年齡：＿＿＿＿　性別：☐ 男　☐ 女

電話：＿＿＿＿＿＿＿＿　E-mail：＿＿＿＿＿＿＿＿

獎品寄送地址：＿＿＿＿＿＿＿＿

【個人資料蒐集告知事項】為提供訂購、行銷、客戶管理或其他合於營業登記項目或章程所定業務需要之目的，家庭傳媒集團（即英屬蓋曼群島商家庭傳媒股份有限公司城邦分公司、城邦文化事業股份有限公司、書虫股份有限公司、墨刻出版股份有限公司、城邦原創股份有限公司），於本集團之營運期間及地區內，將以 mail、傳真、電話、簡訊、郵寄或其他公告方式利用您提供之資料（資料類別：C001、C002、C003、C011 等）。利用對象除本集團外，亦可能包括相關服務的協力機構。如您有依個資法第三條或其他需服務之處，得洽詢本公司服務信箱 cite_apexpress@cite.com.tw 請求協助。

☐ **我已詳讀權利義務之相關條款，並同意遵守。**

黏貼處

【注意事項】 1. 本活動限臺澎金馬地區讀者參與。　2. 參加者請務必留下有效郵寄地址，若贈品無法投遞，又無法聯絡到本人，恕視同棄權。　3. 本活動卡及 bubu 點數影印無效。　4. 欲看贈品實物圖請上獨步部落格：http://apexpress.blog66.fc2.com/　5. 兌換贈品數量有限，如於活動期間內兌換完畢，將以等值贈品替代，訊息將會於獨步部落格公告。

歡迎加入獨步臉書粉絲團　獲得最快最新的出版資訊！bubu 在臉書等你呦～
獨步粉絲團：https://www.facebook.com/APEXPRESS

◀歡迎剪下我

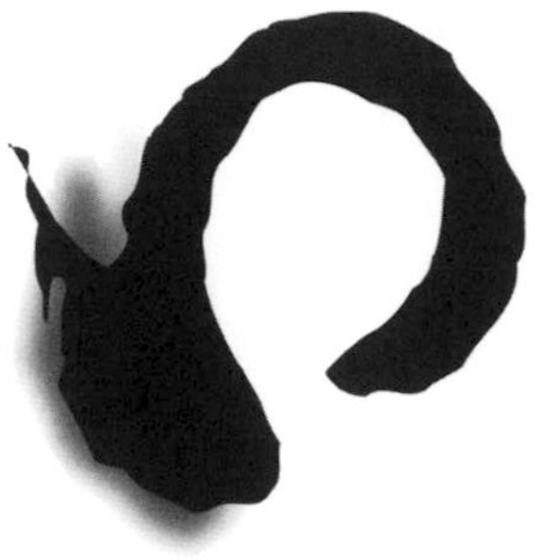